偵探已經死了。
7
二語十
[ill]
うみぼうず
La detective está muerta.

7
偵探已經，死了。
二語十 [illustration] うみぼうず

「嗯，
勉強自己爬上來
果然很值得呢。」
希耶絲塔一邊將頭髮勾到耳後，
一邊瞇起眼睛眺望風景。

「我現在
才突然覺得，
剛才被揹的事情
好丟臉……」
渚也扭扭捏捏地嘟囔著，
走到希耶絲塔旁邊。

夏洛特・有坂・安德森
Charlotte Arisaka Anderson
「在說什麼呢？
我只是稍微測驗一下
你們的實力有沒有退步而已。」

Yui Saikawa
齋川唯
「因為好久沒跟君塚先生見面了，
我一直考慮最棒的勝負服裝是什麼，
最後就變成這樣了。請問你覺得如何？」

Reloaded
莉洛蒂德
Mia Whitlock
米亞・惠特洛克

Siesta
希耶絲塔
Nagisa Natsunagi
夏凪渚

某位青年的年譜

《[redacted]曆》

～11年4月	來歷不明，前前後後居住過多間兒童保育設施。
5月	受丹尼·布萊安特收養。
～13年4月	住在公寓生活，幫忙丹尼·布萊安特的萬事屋工作。
5月	與丹尼·布萊安特死別。
～14年4月	過著身為中學生的日常生活。
5月	認識白銀月華，調查丹尼·布萊安特之死的真相。
6月	認識希耶絲塔，在一萬公尺高空 與《人造人》蝙蝠交戰。
～17年5月	和希耶絲塔進行流浪世界之旅，過著與《SPES》交戰的日子。 遭遇海拉，認識愛莉西亞(夏凪渚)。
6月	與希耶絲塔死別。
～18年5月	過著身為高中生的日常生活。
6月	認識夏凪渚，調查關於她心臟的祕密。 認識齋川唯，再度遇上《SPES》。
7月	與夏洛特重逢，和《人造人》變色龍交戰。 得知「希耶絲塔之死的真相」、「夏凪渚的過去」、 「《調律者》的存在」等等。
8月	遭遇史卡雷特，於加瀨風靡對立與和解。 認識米亞·惠特洛克，經歷蝙蝠之死。 夏凪渚的心臟回到希耶絲塔體內，生與死互相交替。 與海拉們合作擊敗《SPES》的大頭目《原初之種》。
9月	夏凪渚甦醒，希耶絲塔進入沉眠。

～19年12月	《大災難》

ContentS

繪圖●うみぼうず

【序章】

「請問各位乘客當中，有職業是偵探的嗎？」

我從前經歷的那段眼花撩亂的冒險奇譚，是從這樣讓人懷疑自己耳朵聽錯的一句話開始的。

那感覺並不是在一架飛行於一萬公尺高空的飛機中會聽到的臺詞。一般在這種場合中會尋找的人才，應該是醫生或護理師才對。

實在沒想到竟然會找偵探。這恐怕也是我天生《容易被捲入麻煩的體質》所造成的吧……當時我是這麼想的。

「太不講理了。」

坐在客機的座位上，我一如往常地嘆氣。

然而，真正不尋常的狀況接下來才要開始。

「這裡，我就是偵探。」

坐在我右邊位子的一名少女竟然真的自稱是偵探。

碧藍的眼睛，銀白色的短髮。身穿模仿軍裝設計的連身裙，揮舞一把滑膛槍。當她現身的時候，事件已經解決了。

十全十美的名偵探。

代號是——希耶絲塔。

她的心願是實現所有委託人的利益。

不知為何被那樣的希耶絲塔任命為助手的我，為了打倒《世界之敵》而與她一同踏上了長達三年的旅程——最終，與她死別。

當時正與一個名叫《SPES》的組織交戰的我們，輸給了身為敵方幹部的一名叫海拉的少女，而希耶絲塔的心臟被她奪走了。

我的冒險奇譚就這麼落幕——本來應該是這樣才對的。

「你是名偵探嗎？」

後來過了一年，某位少女出現在我面前，成為了委託人。

赤紅的眼睛，烏黑的長髮。特徵是頭上的紅色緞帶的這名女高中生，用她翻騰的激情把沉浸於溫吞安逸之中的我喚醒了。

是委託人也是代理偵探。

名叫——夏凪渚。

少女的心願是找出自己的救命恩人。

被那樣的她拉著手，再度投身於非日常之中的我，最終提出了一項心願——總有一天，要把希耶絲塔救回來。

可是這項讓死者復活的禁忌，向我們索取了巨大的代價。夏凪一如字面的意思賭上自己的性命，讓希耶絲塔取回了心臟。

即便如此，我們依然擊敗了最終的敵人《原初之種（席德）》，這次真正贏得了我們所期望的美好結局……我們本來是這麼想的。

我們的失算只有一點，就是寄宿於希耶絲塔心臟的《種》。

只要那東西繼續留在體內，希耶絲塔的身體遲早會失控，成為一個怪物。不過我得知了唯一的對症療法，就是只要希耶絲塔持續沉睡，便能夠抑制《種》的成長。

我當時雖然與看開一切而打算自我消失的希耶絲塔對立，但最後還是在同伴們的協力下，讓她進入了漫長的午睡之中。

就這樣，那一天名偵探在幸福的紅茶香味包覆中，成為了一個睡美人。

我們的冒險奇譚就此告一段落。

然而，距離終章果然還是太早了。

為了總有一天讓希耶絲塔能夠醒過來，我和懷抱同樣心願的夥伴們一起踏上旅程。

「我永遠都會是君塚先生的右手，也是你的左眼喔。」

「我是君塚的敵人。所以當你做錯事的時候我就會賞你一巴掌。」

「別擔心，君塚和我們的心願全部都會實現的。」

「嗯，讓我們啟程踏上拯救同伴的旅程吧。」

我們就這麼上演了長達一年以上眼花撩亂的冒險奇譚，也撐過了後來被稱為《大災禍》的那場重大危機——

最後，奇蹟發生了。

那之後又過了一年，從一切的開端到今天已經過了七年的歲月。

二十歲，成為大人的我——君塚君彥，徹頭徹尾沉浸在這名為日常的後日談中了。

你說這樣真的好嗎？

當然囉，又不會給任何人帶來麻煩。

難道不是嗎？

畢竟偵探已經——

【第一章】

◆懸疑推理的起頭要從談情戲開始

「你看你看！浴室竟然會發光耶！」

從洗澡間裡傳來一名少女的聲音。

不過只要想想看這間旅館是做什麼用途的設施，就算浴室會發出七彩光芒或者吹出泡泡，其實都沒什麼好大驚小怪的。

「欸，你不過來嗎？」

就在我沒有多做回應而獨自坐到雙人床上時，少女又如此對我發出催促的聲音。

唉，到底是在誘惑個什麼勁？我對那名少女——不，照她現在的年齡應該要稱呼為女性了——這麼回答：

「我們今天可不是來玩的啊，渚。」

結果她從浴室裡探出頭來，然後不知為何帶著淺淺的微笑朝我靠近。

「你說不是在玩，意思是認真的囉？」

間接照明點亮的房間中。

在床上坐到我旁邊的她，露出調皮的笑容抬頭看向我。

「新的一年才剛開始，就來這種地方……是不是？」

相較於還是個女高中生的時代，如今變得更合乎年齡的化妝，將她起伏明顯的五官襯托得更加有魅力。塗有口紅的雙唇對無聊沒事做的我說出挑逗的話語。

比起剛認識的時候，她現在更成熟了。

這也是當然的。畢竟從放學後的教室裡被她揪住領口的那天以來過了兩年多，我和渚都已成年，彼此不再是少年少女了。

「對了，要不要我把手指伸進你嘴巴裡？」

渚輕輕把我壓倒在床上。

「你很喜歡玩這套對吧？君彥。」

我們是從什麼時候開始，互相都改用名字稱呼對方的？兩人之間累積的對話與經歷都太多，根本記不得那些瑣碎的小事了。

「畢竟你的癖好就是被女孩子的唾液沾得全身溼答答的對不對？」

「這謠言已經不只加油添醋，連辣椒醬都倒進去啦。」

說到底，一切的起源可是妳以前在放學後的教室裡把手指戳進我喉嚨的那件事啊。

「可是你想想，畢竟這叫食指嘛。」

「不要把手指吃掉啊。那是因為古代人還沒發明筷子之前用那根指頭吃東西才叫食指。」（註1）

這段還是老樣子的對話讓我忍不住輕輕嘆氣。

「你睫毛好長呢。」

渚冷不防地把臉蛋湊近過來。她香水的味道是我已經熟悉的柑橘香。令人心情平靜的這個氣味，彷彿巧妙表現出渚實際上很細膩的情感。

「君彥。」

身材同樣變得相當成熟的她，此刻就近在我眼前。

「渚。」

兩人的臉，不，嘴脣之間的距離越來越靠近。

渚閉上了眼睛。就這樣——

註1　這裡原文中是拿「食指」的日文念法「人差し指」的諧音開玩笑，在這裡配合中文進行修改。

「不對，我們是來工作的啊。」

我「啪！」地睜大眼睛，把渚甩到床上，豎耳傾聽**耳機傳來隔壁房間的聲響**。

「……不，我也知道好嗎？雖然我從途中開始也是抱著明知在玩鬧的心情跟你演戲沒錯啦，但正常人會把一個女孩子甩到床上嗎？」

渚似乎在咕噥些什麼，但現在更重要的是……

「這下看來確定啦。」

我把耳機遞給心情還有點不滿的渚。她不甘不願地收下後，聽著裡面傳來隔壁房間的聲音。而那個聲音的真面目是……

「啊～這個……嗯，不會錯了。」

渚尷尬地把視線別開。只要想想這裡是做什麼用的旅館，隔壁房間的人究竟在幹什麼事應該不用講也知道了吧。

「咦？啊，居然連那種事都做呀？嗯，這時候用上那東西？啊～……」

「這下意外證明了現代的竊聽器性能有多好啦。」

那個竊聽器是我們預先藏到目標人物包包中的玩意。如今錄下這段聲音，讓我們獲得了確鑿的證據。

「雖然對委託人來說很可憐，但還是得向他報告了。」

我拿出智慧型手機，整理關於一件外遇調查的報告書。

這是我們在去年底接到的一樁委託。委託人是一名上班族男性，懷疑自己的妻子出軌。那位委託人的妻子是在綜藝界表現活躍的頂級模特兒，據說兩人在幾個月前祕密結婚了。可是……

「引以為傲的美女名模老婆，其實背地裡和同行的男性搞外遇嗎？真辛酸呀。」

渚說著，感覺很尷尬地嘆氣。現在在隔壁房間的就是那兩個人。

「而且那個委託人——雖然這樣講很失禮，不過是個感覺不太起眼的上班族。這下被男模搶走太太，心情肯定更難受吧。」

「畢竟那個外遇對象，長相超級帥氣的呢。」

「是啊，話說渚，已經可以把耳機拿下來啦。」

「……你、你在說什麼呢？」

雖然看她一直在興奮讓人有點不好意思打斷，但我還是把耳機拿回來，並且把調查結果立刻寄給了委託人。

「話說一個普通的上班族，到底是怎麼追到名模的呢？」

這點的確令人好奇。而且結婚才幾個月、老婆就搞外遇的現況，也讓人很在意。

「不過，總之這下暫時算解決了吧。」

雖然餘韻真的很糟糕就是了——渚說著，把頭髮勾到耳朵後面。

「是啊，不過還是姑且在這裡待到調查對象離開房間好了。」

我在內心估算大概要兩個小時左右並看了一下手錶。應該可以趕在晚餐時間回家才對。

「這樣呀。那這段時間我們要做什麼？」

渚用所謂小鳥坐的姿勢坐在床上如此問我。

面對抬起眼珠看過來的她，我的視線也忍不住往下移。她穿著讓身材曲線很明顯的高領上衣，在各種意義上確實都比高中時代更成熟了。

「我知道君彥其實並不是真的那麼遲鈍喔？」

開著暖氣的房間有點熱，渚的臉頰也泛著紅暈。

「……確實啦，有些事情再怎麼裝傻也無法解決吧。」

就這樣，我思考著能夠有效利用這兩小時的方法，從包包中翻找出某樣東西。

「大學的寒假報告，我一件都還沒完成。妳幫幫我吧。」

幸好同一間研究室有個如此優秀的朋友。

再這樣下去搞不好真的會留級的我，轉動著肩膀打開筆記型電腦。

「你一輩子留級算了啦。」

渚這個嘟起嘴的表情，即使長大後也一點都沒變。

後來過了大約兩小時。

一如預測，隔壁房間有動靜了。

「好，渚，我們追。」

「你應該先講『謝謝』吧？」

將多虧渚的傾力協助而完成的報告存檔後，我們收拾行李開始追蹤目標。走出房間，確認那兩人坐進電梯之後，我們快速奔下樓梯。幸好房間是在低樓層啊。

「看到了，那兩個穿大衣的人。」

出了旅館，在太陽即將西落而幽暗的小巷中。

順著渚所指的方向看過去，便能發現身穿大外套親密摟著手臂的兩人身影。他們肯定萬萬沒想到，這場幽會正受到監視吧。

「怎麼辦，還要繼續追嗎？」

我詢問渚的判斷。

外遇的決定性證據已經被掌握，繼續跟蹤下去感覺好像沒什麼意義……

就在我如此思考的時候……從五十公尺前方傳來目標女性短促的尖叫。

究竟發生什麼事？即將發生什麼事？

我們拔腿趕去，看見一名男性從暗巷裡衝出來。他手中握著利刃似的東西，嘴上則是大叫著——這個叛徒！

「啊！是委託人。」

在遠處，目標女性被外遇對象緊抱著保護。持刀男子雖然一時表現得猶豫，但緊接著又再度大叫，把手中的刀高高舉起。

即使我和渚奮力奔向現場，這個距離還是來不及。那把刀正朝著男性的背部揮落。

「啊啊，又是這樣。」

事到如今，我才對於自己的設想不周，或者說對於又一次被**那位女性**超前的事情不禁嘆氣。此刻在我旁邊的渚恐怕也是抱著同樣的心情吧。我們都無奈地停下腳步，不過也鬆了一口氣，彼此互看。

你說這樣真的好嗎？

那當然，畢竟事件已經結束了。

「好，真是可惜囉。丟下刀械投降吧。」

不知從何處現身的白色身影制伏了持刀男子。

今天還是老樣子在事前就做好所有準備工作，剩下的多餘時間可能還不小心睡了一下午覺的名偵探，漂亮地把最精采的戲分全部搶走了。

「助手，不要站在那裡發呆，快打電話報警。」

跟從前一點都沒變的別致連身裙打扮。

然而容貌比起初次見面時還是變得成熟了。

頭腦聰明，才貌雙全，十全十美，無從挑剔的名偵探。

對於那樣的她，我還是老樣子只能語帶諷刺地說道：

「妳就不能再早一點過來幫忙嗎，希耶絲塔？」

◆偵探與助手，還有所長

在一棟住商混合大樓二樓的偵探事務所中。

「然後呢？到頭來這次的案子究竟是怎麼一回事？」

我全身深坐在一張老舊沙發上，一邊開封著剛送來的披薩，一邊如此詢問希耶絲塔。

剛剛在旅館附近發生的那場騷動。平安無事地把持刀男子交給警察後，太陽已經完全沉落的時候我們才總算回到這個老地方。然而我到現在還沒有完全理解整件事的真相。

「啊，我要吃上面蝦子比較多的部分。」

結果坐在事務所深處固定座位上，敲打著電腦鍵盤的希耶絲塔這時停下雙手，活像隻被花朵吸引的蝴蝶般來到披薩前面。

「希耶絲塔，妳有沒有在聽我講話？」

「我無論什麼時候都在聆聽著你心中的聲音喔。嘎滋嘎滋。」

「拜託妳用比較可愛的狀聲詞吃東西吧。」

我看著坐在對面沙發上大快朵頤著披薩的希耶絲塔，一臉認真地如此吐槽。

「由於搞外遇的事情被證實了，所以發飆的委託人試圖傷害太太與外遇對象……難道不是這樣嗎？」

接著這麼提問的是渚。她端來三個裝有碳酸飲料的玻璃杯，放到我們面前的桌上。

「嗯，說到底，有一項前提條件本來就搞錯了。」

希耶絲塔吃完一片披薩後，總算開始回答我和渚的疑問。

「那個持刀男子……也就是這次的委託人，和那位女模根本就不是夫妻呀。」

聽到這樣出乎預料的發言，我和渚不禁面面相覷。

「委託人的真實身分，是那位女模特兒的**跟蹤狂**。但他隱約感覺到女模似乎有自己真正的伴侶，於是就僱用偵探想要查出個真相。」

……原來如此。也就是說我們差一點成為跟蹤狂的犯罪協力者了。

「那麼一個禮拜前委託人拿來證明夫妻身分的那個戶籍謄本是？」

「想必是偽造的吧。畢竟也有在接受那種不法委託的傢伙。」

「那麼希耶絲塔在那個時間點就已經注意到委託人的謊言了？」

「雖然書面資料本身的疑點我當時沒能立刻發現，不過更重要的是他描述關於太太的情報時讓我感覺有點不自然呀。」

希耶絲塔這麼表示後，渚一邊問著「不自然？」一邊坐到我旁邊。

「嗯，該怎麼說呢？那就像是把網路上公開的個人資料全部背下來一樣不太自然。聽起來好像對太太瞭解得很詳細，但實際上內在卻空空洞洞的。」

希耶絲塔咕嚕咕嚕地喝著碳酸飲料，這麼補充說明：

「舉例來說，像我就知道助手睡覺時經常會講夢話，也知道他吃荷包蛋比較喜歡淋醬油，也看過他吃藥粉的時候常常皺著一張臉的樣子。只要是關於助手的事情，我全都瞭如指掌。」

「呃，妳這是在跟我炫耀嗎？」

「像這類唯有一起生活過才會知道的伴侶情報，委託人一件也不曉得呀。」

原來如此。委託人……不，犯人或許是只看過資料就以為自己很瞭解那位女性了吧。然後恐怕在不知不覺間開始產生只有自己能夠理解對方的想法了。

「這樣呀。呃不，我其實也有隱約感覺到好像怪怪的。」

如今知道事情的真相後，渚重新感到理解似地點點頭。

的確，她在旅館房間的時候也有對這次的事情感到奇怪過。

「嗯～看來我必須再努力精進才行呢。畢竟大學也在學這個呀。」

渚就像在講給自己聽似的，「啪」地拍了一下臉頰。

她在大學主修的跟我一樣是心理學。據她的講法是，事件必定會有動機，而在動機背後的就是人心。因此她總是說，如果要讓自己做為一名偵探能夠有所成長，就必須針對人類的心理多多學習才行。

「可是這樣想起來，什麼都沒注意到的人只有我嗎？」

唉，希耶絲塔既然有發現什麼事情，為何不早點告訴我啊。

「人家不是說欺敵之前要先騙過自己人嗎？」

「太不講理了——雖然我很想這麼說，但妳這麼做應該有什麼意圖吧？」

「假如小組成員全部站在相同立場，遇上意外狀況時就會難以應對了。例如駕駛飛機的時候，為了避免正副機長都食物中毒的情況，兩人會吃不同的餐點對吧？一方面也為了那樣的風險管理，我們各自站在不同立場反而比較好。」

「雖然基本的目標意識相同，但有時候故意把各自的立場角度或能做的事情錯開，反而是有效的做法是嗎？」

這麼說，不用仔細回想也能想起來，我們從以前開始就是循著這種方針行事的。

「其實不久前我找到了這樣的東西。這是俗稱的祕密帳號。」

希耶絲塔說著並亮出的手機螢幕上，顯示著某個人物的社群網頁畫面。

「這是……那位女模的帳號？」

渚發現了這點。在那網頁的貼文中，有提到自己感覺最近好像被誰跟蹤之類的事情。看來那位女性有隱約察覺到跟蹤狂的存在吧。

「妳是怎麼找到這種匿名帳號的？」

「我只是把以前找出你帳號時的方法拿來應用而已。」

「原來我以前有被妳找到過帳號啊。」

而且她好像不打算把方法告訴我的樣子。太差勁了。

「……算了，過去的事情就先擺到一邊。所以妳是考慮到那女模有受到跟蹤騷擾的可能性，於是今天也跑到現場去的吧。」

「雖然當時那還只是一個假說而已啦。我並沒有完全捨棄委託人真的和那位模特兒祕密結婚的可能性。」

不過正因為希耶絲塔考慮到各式各樣的可能性，這次才避免了最糟糕的事態。

「如果是以前，其實可以解決得更俐落的說。」

希耶絲塔有如在回想遙遠的過去般瞇起眼睛。

真要說起來，她以前身為《調律者》還擁有某種**特別的證件手冊**。那玩意能夠賦予持有者各種資格，例如只要去區公所問一下，應該就能輕易知道委託人與模特兒之間是否真的有婚姻關係了吧。

然而現在的希耶絲塔已經沒有那樣的權限了。

「畢竟我現在只是個普通的《偵探》呀。」

對，現在的希耶絲塔既非《調律者》也不是《名偵探》。

她只是一名普通的偵探，然後……

「妳也是這事務所的所長不是嗎？」

聽到我這麼說，希耶絲塔便「這也對」地露出微笑。

希耶絲塔是所長，渚是偵探，而我是助手。

——距今大約一年前，和平突如其來地降臨在這個地球上。那是因為後來被稱為《大災禍》的一連串《世界危機》，在包含《名偵探》在內的許多英雄們大顯身手下獲得解決，讓世界得救了。

而且做為世界進入永久和平的證明，《巫女》米亞·惠特洛克失去了她的能力——未來預知。也就是說，不會再有新的《世界危機》被寫入《聖典》之中了。

然後《調律者》的制度本身也解體後，過了一年。即使世界進入了和平，肯定還是有人需要正義協助——希耶絲塔深信如此，於是創立了這間偵探事務所。而我和渚也對她的想法產生共鳴，所以現在就像這樣一邊上大學一邊在這裡工作。

「雖然說，我唯一不太喜歡的就是你取的事務所名字呀。」

希耶絲塔這時忽然對早在一年前就決定下來的事務所名稱挑剔起來。唉，明明當初是她嫌麻煩就丟給我決定，結果還是老樣子只會抱怨。

「這名字應該不錯吧？白銀偵探事務所。」

一年前我借用某位恩人之名，為事務所取了這樣的名字。

但不曉得為什麼希耶絲塔對這點不太能接受的樣子。

「話說新年才開始就累翻啦。」

我伸了一個懶腰，放鬆身體。

去年底接到的這項委託，到過了年第二天的今天才總算解決。雖然我本來就知道希耶絲塔開的偵探事務所不會有什麼休假就是了。

「明天我們散個心，去新年參拜吧。」

結果出乎預料地，希耶絲塔如此提議。這麼說來，她從以前就是個跟工作同樣重視各種節氣活動的人啊。

「太好啦，是穿振袖和服的機會！」

渚立刻振臂叫好，贊成希耶絲塔的提議。

雖說是休假，不過考慮到要跟希耶絲塔和渚一起出門，肯定會很辛苦。因此我決定趁現在好好填飽肚子養精蓄銳，咬了一口披薩。就在這時候……

「好像有委託來了。」

我聽到希耶絲塔這麼說而轉過頭去，看見她不知為何打開了房間窗戶。

寒冷夜風頓時吹進屋內，讓我忍不住縮起脖子。

沒多久後，一隻小傢伙伴隨「啪沙啪沙」的聲響進入事務所。

「謝謝你。我收下囉。」

希耶絲塔說著，打開來訪者——一隻貓頭鷹叼在嘴上的信。

「妳是哪裡來的魔法師啦？」

「你不曉得飛鴿傳書嗎？牠們可以飛上一千公里的距離喔。」

就因為那不是鴿子而是一隻貓頭鷹我才這樣吐槽的，然而現在更重要的是……

「妳說委託，是誰的委託？」

從希耶絲塔的表情看不出答案。渚也像在等待她回答似地看過去。希耶絲塔則是把視線落在信紙上讀了一會，最後抬起頭說道：

「時隔一年，《聯邦政府》似乎又召喚我們了。」

◆代理《名偵探》

隔天傍晚。我們三個人被《聯邦政府》叫出來見面的地點是寺廟數量眾多的城市——京都。坐了兩個多小時的新幹線，當我們一抵達目的地的車站，來接人的全黑轎車就把我們合法擄走了。

「人家還想說要先去吃個糰子或八橋的說。」

在車上，渚如此抱怨。

她雙腳亂踢，哀嘆著我們遭受的待遇。

「是啊，順便一起說的話，我還希望過來的新幹線可以搭頭等車廂的說。」

我也追加提出自己的不滿。

雖然說，這點主要是講給我們的雇主聽的就是了。

「現在還不確定車錢可不可以算進工作經費所以不行。」

結果希耶絲塔望著車窗，站在經營者的角度這麼表示。

「畢竟還不曉得他們會不會成為我們的委託人呀。」

委託人——就是指那個用貓頭鷹飛書寄信過來的『聯邦政府』。

然而信中並沒有具體寫到要找我們幹什麼，只是叫我們三個人在這一天這個時間到這個地點來而已。

「唉，太不講理了。」

我這句話不經意脫口而出。

其實我最近已經不太會講這句口頭禪了。可是想想我現在……不，想想她們現在身處的這個狀況，最適合的一句話我只能想到這個。

事到如今，《聯邦政府》還找前《名偵探》要幹什麼？

後來車子開了大約四十分鐘抵達目的地。

就在夕陽即將西落的時候，我們從停下的車子中下車，跟著擔任司機的帶路男性走在碎石路上，最後看到眼前有一座巨大的寺院。

「這不是國家指定為重要文化財產的地方嗎？」

渚如此小聲呢喃，雙眼望向那座甚至會刊登在日本史資料集的建築物。我記得那裡是禁止一般人出入才對，但帶路人卻伸手直指那裡的入口。是要我們進到裡面去的意思吧。我這時不經意發現，寺廟庭院內的鴿子群都把頭轉過來看著我們。

脫下鞋子進入本殿後，眼前是一片堅固的木頭地板。頭戴面具、身穿白衣的幾十名隨從們整齊排列在兩旁。

「……為什麼全部都要握著長槍啦？」

那樣看起來有點恐怖的景象，讓我忍不住嚥了一下喉嚨。

「助手，你看。」

希耶絲塔指向房間深處。

那是一間被幽暗光線照亮的佛堂，然後有一名女性背對著巨大佛像坐在那裡。她雖然跟其他隨從們一樣戴著面具，不過從身上那套看起來像十二單和服的打扮以及長長的頭髮判斷，應該是女性沒錯。

「是《聯邦政府》的高官嗎？」

那地位和站在兩旁待命的隨從們是完全不同等級。雖然到這裡的路上我們抱怨了一堆，但現在還是不禁挺直背脊。接著我們讓渚排在正中間，原地坐下。

「此次如此臨時召喚各位，實在深感抱歉。」

我一時之間還不懂這是誰講的話，然而稍遲一拍才發現坐在前方的那位女性高官竟然把頭叩在地板上。原來是她在對我們道歉？

「渚，妳認識那位高官嗎？」

我忍不住這麼詢問跪坐在旁邊的渚。

畢竟《聯邦政府》的人居然會對我們表現出如此謙恭的態度，讓我怎麼也覺得不對勁。我以前知道的高官們應該各個都是態度更高壓、更像機器而缺乏人類感覺的傢伙們才對。

「不，我也不認識。恐怕希耶絲塔也是一樣。」

中間隔著渚跪坐在另一邊的希耶絲塔，同樣一臉感到奇怪地注視著那位高官。

不過那樣的希耶絲塔首先開口了。

「然後呢？妳找我們來究竟有什麼事？」

「首先，請各位看一下這個影像。」

戴面具的高官重新抬起頭如此表示。

下個瞬間，在她背後的佛堂投影出色彩鮮豔的影像。那看起來有如利用表面凹凸的背景為投影幕，靠光雕投影技術照出來的情景。

然而重點在於那個影像實在令人怵目驚心。

「政府高官的、屍體？」

我不禁發出聲音。而且不只一具。好幾具斷頭的面具高官遺體以3D影像的形式，陸陸續續被投影在整間佛堂中。

「其實，現在世界各地正在發生專以《聯邦政府》高官為目標的殺人事件。」

……從檯面下統治世界的《聯邦政府》，專以那個組織的高官為目標的殺人事件。假如這種事情真的正在發生，那不就是……

「意思是新的《世界危機》嗎？」

希耶絲塔代表我們如此詢問。

「可是等一下。《世界危機》不是已經不會那麼輕易發生了嗎？」

渚接著這麼插嘴。她說得沒錯，這一年來地球上都沒有出現過新的《世界之敵》。而且彷彿證明這點似的，米亞的未來預知能力也一次都沒有發動過。那麼現在現實世界中正在發生的政府高官謀殺事件，究竟要算什麼樣的危機？

「我們將這定義為《巫女》也沒能察覺的《未知危機》，視為一項重大問題。」

端坐在前方的面具高官對這次的事態如此命名。

「關於狀況我們瞭解到某種程度了。但是為什麼要把希耶絲塔和渚叫出來？」

我雖然嘴上這麼詢問，但其實內心已經知道答案。

「那麼我就直截了當地說了。我希望委託身為前《名偵探》的兩位，調查這項《未知危機》。」

簡直太誇張了——本身沒有關係的我差點這麼說出來。

但我這個情緒是很正常的。畢竟她們兩人應該已經結束身為《名偵探》的使命，為何如今還要受《聯邦政府》差使才行？

「請看看這個。」

女性高官這麼說後，影像的一部分被放大顯示。上面映出來的是……

「——這是**觸手的碎片**。而且不是普通的觸手，是你們以前交戰過的《人造人》所使用的武器留下的碎片。因此我們推測，會不會是至今依然有什麼人在濫用那個力量，殺害高官的行動。」

……距今兩年多前，我們的確曾經與《原初之種（席德）》所生的《人造人》們交戰過。然而那場戰役在付出許多犧牲之下，應該已經完結了才對。

「妳的意思是說，善後處理還沒做完嗎？」

渚開口詢問——難道她們的使命其實還沒結束？

「我並沒有那麼說。只是考慮到事件現場留下這種東西所代表的意義時，我們的確想過希望能再次藉助於《名偵探》的力量。換言之，我們希望透過《聯邦憲章》的特例措施，請夏凪大人與希耶絲塔大人暫時代理執行《名偵探》的職務。」

聽到政府高官這樣的發言，渚與希耶絲塔彼此互看。這個召集理由與要求內容實在出乎預料。然而那兩人的臉接著不知為何都轉朝我的方向。

「為什麼是君彥露出最不願意的表情呀？」

「……我並沒有那種意思。」

雖然我否認渚的講法，可是又換成希耶絲塔「你瞧」的一聲拿出小鏡子給我看。

原來如此，這眼神確實比平常又更凶了兩成。為何此時我會在毫無自覺之下露出這樣不開心的表情……不，其實我自己也知道答案，只是假裝不懂而已。

即便如此，現在還是……

「這本來就不是我能決定的事情。要怎麼做就交給妳們兩人去判斷吧。」

結果希耶絲塔和渚點點頭，重新轉朝女性高官。

「我瞭解了。我就接受做為《名偵探》的工作。」

「嗯，我也是。但終究只是臨時而已喔。」

啊啊，她們都不是會中途放棄工作的人。這結論早就可以猜到了。

「感謝合作。那麼，首先這個請拿去。」

女高官從懷中掏出兩個證件手冊。真是令人懷念的玩意。那毫無疑問就是讓希耶絲塔和渚再度恢復《調律者》身分的證明。

「我去拿。」

我制住準備起身的那兩人，代替她們站了起來。

關於她們兩人做出的選擇，我尊重。對於她們的工作與心境，我無法棄之不顧。

即便如此，還是有一件事情我怎麼也無法接受。

「偵探一直都是賭上自己的性命在戰鬥。你們也給我拿出誠意來。」

不准逃避。我無法容許對方這種自己不露臉，只會隔著面具對她們下命令的行為。

於是我走向政府高官面前，把手伸向她的面具。

但就在這瞬間，站在兩旁待命的面具隨從們一起對我舉起長槍。

「不要緊的。」

然而一聲令下制止了眾人的，正是眼前戴著面具的高官本人。

「我才應該對自己失禮的行為致歉。」

她說著，親自摘下面具，露出本來的面貌。

「那麼接下來就以真正的面貌交談。我還有些話要對各位說。」

披肩的一頭灰色長髮。

雖然缺乏表情，不過抬頭筆直望著我的苔綠色眼眸中流露出清高的感覺。

在我眼前的，是一名容貌還帶有些許稚氣的美麗少女。

◆告知和平的使者之名

「關於諸多失禮之處，本人深感抱歉。」

剛才摘下面具的高官少女，在我眼前低頭致歉。

從那之後我們移動了場所，現在來到位於本殿旁邊一間像茶室的榻榻米房間。

「方才不及招待，這些敬請享用。」

少女接著在我面前準備了熱茶與茶點。是糰子和八橋。她大概聽人轉告了我們在車上的對話吧。可是說想吃這些東西的人是渚啊……

「不好意思。因為渚大人與希耶絲塔大人還需要辦理各種手續步驟。」

此刻在這間和室裡只有我和高官少女。渚和希耶絲塔則是到別的房間辦理為了暫時取得《調律者》權限所必要的手續。於是我只好一個人吃著糰子，並重新觀察那位高官少女。

摘下了面具的她依然穿著那套像是和服打扮，有如一尊女兒節人偶般坐在榻榻米上。她的五官比較接近歐洲人的感覺，雖然還帶有些許稚氣，不過可以清楚知道是個美女。這是我第一次見到《聯邦政府》高官的真實容貌，而且如今讓我重新認知到，在那個面具底下確實存在著活生生的人類。

「……衣服。」

就在這時，一直面無表情的少女忽然搖盪著視線如此開口。

「請問是不是除了面具以外，衣服也要脫掉比較好？」

看來她誤會了我盯著她瞧的意思。想像力也太豐富了。

「畢竟你剛才表示過要我拿出誠意。」

「假如我叫妳拿出誠意是那種意思，那我根本是個畜生了吧。」

「不好意思，只是開個高官玩笑。」

「我沒聽過有那種類型的玩笑啊。」

真虧妳能夠一臉認真地講那種話。

「這是溝通交流的一環。因為在事前調查中得知，君彥大人非常喜歡與女性調情。」

「妳那是聽誰亂講的情報？至少把『調情』這種表現給我改掉。」

唉，瞧她一臉酷酷的，內在卻是這種人。不過她似乎沒有自己在搞笑的自覺。雖然個性認真、謙虛又客氣，可是莫名缺乏常識。這就是我對這位摘下面具的少女產生的第一印象。

「妳叫什麼名字？」

該說我對她的警戒心都消散了嘛，我忍不住詢問她的名字。

「諾艾爾・德・祿普懷茲。」

少女看著我的眼睛報上名字。

「做為高官的代號就直接叫作《祿普懷茲》。」

「妳這個年紀就能當上《聯邦政府》高官，真是出人頭地啊。」

「祿普懷茲家是法國貴族的後代，規矩上會透過世襲制度繼承《聯邦政府》高官的職位。」

諾艾爾接著又向我描述起一些關於她自身的事情。

她是三年前當上高官，不過理由是因為本來應該成為下一任當家的哥哥行蹤不明的緣故。雖然她目前還沒有什麼機會負責重要的工作，但一方面由於剛才提過的《未知危機》，導致現在《聯邦政府》人手不足，所以像她這樣的新手也被動員了——諾艾爾循序漸進地說明了這些事情。

「狀況我大致明白了……可是既然要負責解決《未知危機》，應該會有比還是個新手的妳更適任的人選吧？」

例如我們以前也扯上過關係的高官之一《艾絲朵爾》。那個老奸巨猾的女人過去對《名偵探》也發出過許多指令。

「是的，事實上除了我以外，的確也有其他高官已經在行動。只是他們現在還有另一項必須完成的重大工作。」

我就是希望對君彥大人說明這件事情——諾艾爾如此補充。對，她剛才表示後續還有事情要講，才把我叫到這房間來的。

「就是《聖還之儀》。」

諾艾爾說出這樣一個我沒聽過的用語。

「兩個禮拜後，將會在《聯邦政府》主導下舉行一場慶祝《大災禍》平息一週年的典禮。屆時想請拯救了世界的偵探大人與助手大人也務必出席那個儀式。」

諾艾爾說著，遞給我一封像是邀請函的信。

據她說那個所謂的《聖還之儀》似乎會招待原本那批《調律者》們以及在平息《大災禍》上有所貢獻的人物，另外還有世界各國的重要人物。

「舉辦地點在法國啊。」

「是的，雖然要勞煩遠途奔波很不好意思，不過請問你們願意出席嗎？」

兩個禮拜後，雖然到時寒假已經結束，但跟大學請假過去也不是不行。

「妳剛說儀式，具體來講要做什麼？」

「如果用日本文化中比較接近的東西來比喻，應該類似御焚上吧？」

諾艾爾對我的問題這麼回答。

說到御焚上，就是神道信仰中將舊的護身符焚燒處理的儀式。

「在這次的《聖還之儀》中，將會藉由焚燒巫女大人所編撰的《聖典》淨化過去的災禍，同時祈求新的和平到來。」

「……聽起來真像什麼宗教啊。話說，難道要把全部的《聖典》都燒掉嗎？」

我記得《聖典》的冊數，光是幾年前米亞讓我看過的時候就有超過十萬本。假如要循著什麼儀式步驟依序燒掉它們，總覺得花上三天三夜應該都燒不完吧？

「不，並不是要把全部都燒掉。不過當中唯有《原典》是一定要燒掉才行的。」

突然又冒出《原典》這個沒聽過的用語，讓我不禁疑惑歪頭。

「那也被稱為原初的聖典。擁有那東西就是身為正統《巫女》的證明。據說那本書中使用唯有《巫女》才能夠閱讀的語言，記載了關於《聖典》的各種規則……但真相我也不清楚。」

原來如此。《聖典》通常連《聯邦政府》的人也無權過目，而《原典》或許就是其中最代表性的東西吧。

「然後《原典》似乎具備某種特別的力量……藉由將其焚燒，《巫女》就能把上天賦與的能力正式歸還，並且證明以後世界不會再發生災禍的樣子。雖然我也只是聽人轉述的。」

我想巫女大人應該知道得更詳細——諾艾爾這麼補充。

「那麼諾艾爾，也就是說只要那場《聖還之儀》結束之後，包含米亞在內的所有《調律者》們就能真正地功成身退了是嗎？」

「假如追根究柢就是那個意思。至少今後《聯邦政府》應該不會再要求各位前《調律者》們出面平息災禍……雖然剛剛才向各位提出了跟這講法感覺很矛盾的委託，實在深感抱歉就是了。」

換言之，《聯邦政府》明明為了解放《調律者》而預定要舉行《聖還之儀》，卻偏偏在這種時候發生了殺害高官的《未知危機》。這個時機真的很差，而遭受波及的就是希耶絲塔和渚了。

「我懂了，等一下我也會轉告那兩人。」

典禮所邀請的對象終究主要是那兩位偵探，只是個助手的我必須尊重她們的判斷。

——然而，即便如此……

「諾艾爾，妳可以跟我再度約定嗎？」

我說著，向指揮這個世界的政府高官低下頭。

「如果希耶絲塔和渚解決了《未知危機》，而且《聖還之儀》順利結束後，我希望你們這次能夠真正地讓她們兩人從《調律者》的使命中完全獲得解放。」

我盯著楊楊米，接著又緊閉起眼睛，如此拜託《聯邦政府》。

「好的，一言為定。」

立刻傳來的這句答覆，讓我睜開了眼睛。

「不過君彥大人為何要做到這樣呢？」

理由很簡單。我抬起頭，對諾艾爾說道：

「因為我的心願是——」

◆千萬世界與一個心願

「快來呀，助手，小心我丟下你囉。」

在夕陽完全沉落的山路上。帶頭走在石頭階梯前方的希耶絲塔，轉回上半身對我瞥了一眼。

與政府高官——諾艾爾・德・祿普懷茲的會談結束後過了大約兩個小時。和兩位偵探重新會合的我，現在不曉得為什麼在夜間登山。或許由於最近缺乏運動的緣故，下半身有點吃不消了。

「說到底，為什麼事情會變成這樣？」

「因為不是說好要去新年參拜嗎？」

如此表示的希耶絲塔，身上穿著以白色為主的振袖和服。銀白色的頭髮上看不到平常那個髮夾，取而代之地結著一根髮簪。

昨天晚上我們的確在偵探事務所討論過要去新年參拜的計畫。雖然後來由於來自《聯邦政府》出乎預料的召集使得行程有所變更，不過現在我們依然為了實現當初的目的，朝一座必須穿過千座鳥居的神社行進著。

「但我可沒料到要去那麼講究的地方啊。」

如果只是要參拜，其實剛剛山下也有一座供人祭祀參拜的華麗拜殿。可是希耶絲塔卻說「那樣不是很無趣嗎？」然後爬起山來了。而且是穿著振袖和服，毫不在乎冬季的寒風。

「不要把我當成一個普普通通的女人呀。」

「那確實不是一個普通女人會講的話。」

希耶絲塔輕笑一聲，重新轉向前方走去。

「話說這地方可真令人毛骨聳然啊。」

雖然我知道這裡應該是很神聖的場所，但大量的鳥居與狐狸雕像卻醞釀出某種不尋常的氣氛。如果是白天過來，也許印象會稍微不同吧。

「偶爾有人說呀，鳥居會不會是連接常世與隱世的門之類的。」

希耶絲塔說出口的「常識」與「飲事」這兩個詞，我的腦袋一時之間無法轉換成正確的漢字。

「就是人世和死後的世界啦。意思是說穿過鳥居的另一頭，搞不好會接到黃泉國度。」

「饒了我吧。我很怕驚悚故事的。」

……而且我不太想從希耶絲塔口中聽到這類的話題。

她似乎從我的表情察覺這點，「抱歉」地苦笑一下。

「也許並不是黃泉國度，而是奇幻的異世界呢。穿過的鳥居越多，就會通往越不同的世界去。」

「簡直像童話故事啊。如果我還是小孩子，或許會聽得很開心吧。」

正當我們如此交談的時候，從我背後傳來啪噠啪噠的腳步聲。

「喂！我不是叫你們別丟下我嗎！」

我轉頭一看，那是表情又哭又氣的渚。她同樣身穿振袖和服，腳下穿著草鞋。

因此就算我走得慢一點，還是很自然地跟她拉開了距離。

「真是的，都紅起來了。」

好不容易追上我們的渚，摸著自己的腳趾根部嘆氣。要她這樣繼續走或許太虐待人了吧。真沒轍，我只好把自己的背部轉到渚面前。反正這地方不用在意別人的目光。

「咦？你要背我嗎？」

「我勉強可以撐個三分鐘左右。」

「真是不可靠的英雄呢。」

渚即使笑著，還是趴到我背上。背部傳來她的體溫與柔軟的觸感。我就這麼背著她，緩緩往前走。

「…………」

結果有個人看著這樣的我們，臉上露出似乎有話想講的表情。

「怎麼啦，希耶絲塔？妳不走嗎？」

「……是沒差啦。」

她說出這樣有點文不對題的回答，把臉用力一撇，獨自往前走去。那背影看起來好像些許駝著背的樣子。

「這就是希耶絲塔的可愛之處呢。」

渚在我耳邊這麼苦笑。我沒有多說什麼，但稍微同意她的講法。

後來我們偶爾途中休息一下，穿過一座又一座無限延續的鳥居，最後終於抵達目的地。有一座小祠堂，然後這裡又是鳥居，在月光照耀下景色如夢似幻。從這塊開闊的地方還能讓山下的街景一覽無遺。

「嗯，勉強爬上來果然很值得呢。」

希耶絲塔一邊將頭髮勾到耳後，一邊瞇起眼睛眺望風景。

「我現在才突然覺得，剛才被背的事情好丟臉……」

渚也扭扭捏捏地嘟囔著，走到希耶絲塔旁邊。

略高的山丘，一片星空。燈光照耀的鳥居，配上兩名和服美人。

我站在稍微後方的位置，望著那樣的景象。

……不對，不是景象。是那兩人。我從她們背後注視著雖然只是臨時職位，但依然接下了《名偵探》的任務回來的那兩人。

不久後，也許是對沉默不語的我感到奇怪，渚和希耶絲塔幾乎同時把頭轉了回來。我則是搖搖頭叫她們別在意。

「妳們兩人都要出席《聖還之儀》是吧？」

我在過來這裡的途中，把諾艾爾說過的內容也轉告給她們兩人知道。雖然說，她們在辦理《調律者》代理人手續的時候似乎也已經聽過說明就是了。

「嗯，那會辦舞會對不對？我好期待穿晚禮服呢～」

渚如此表示後，希耶絲塔也跟著說道：

「典禮之後好像會辦餐食晚宴的樣子。我當然會去了。」

「妳們的參加理由都跟主題毫無關係啊。」

當然，屆時的主要節目就如諾艾爾所說，應該是焚燒《原典》的儀式，但似乎也會舉辦舞會和晚宴等活動慰勞來賓。慶祝《大災禍》平息，也是這次的典禮很重要的意義吧。

「在那之前，也必須解決掉《未知危機》才行。」

「嗯，接下來兩個禮拜呀～有得忙了呢。」

希耶絲塔輕輕深呼吸，渚則是用力伸展身體。

假如象徵達成和平的《聖還之儀》將在兩週後舉辦，在那之前能把構成威脅的《未知危機》先清除掉應該是最好的吧。我和諾艾爾也有講好，如果這邊有了什麼進展就會適時跟她聯絡。

只不過，這種事情真的能辦到嗎？只花兩個禮拜的時間，就解決掉《未知危機》。以前《名偵探》挑戰過的《世界危機》每次都是長達數年的戰鬥，也伴隨許多的犧牲。而且現在的偵探長久以來都沒有跟整個世界扯上過關係。只靠兩個禮拜有辦法填補這段空白期嗎？

「那些燈光每一盞都代表著一戶人家呢。」

渚這時忽然望著遠方說道。

「人生只要活著，難免會遇上辛酸痛苦，會有在深夜大叫明天不要來的衝動……不過我希望自己成為一個能夠向那樣的人們伸出援手的人物。」

因為我自己以前也是那樣被人拯救的——渚如此回想過去。

「嗯，就讓我們那麼做吧。拯救一個人，拯救一條街，拯救一座都市，拯救一個國家，就這樣——有一天又再度拯救世界。」

希耶絲塔也彷彿凝望著遙遠的未來般這麼宣告。

冬季夜晚空氣清澄的山上，那兩人眺望著街景燈火的身影，在鳥居的照明燈光照耀下，隱隱約約地浮現在一片幽暗的景色中。

「啊啊，對啊。」

和那時候不一樣。和從前不一樣。

現在這裡有兩個人。

成為大人的兩位名偵探，都活在這裡——既然如此，肯定……

後來我們做稍遲的新年參拜。將錢幣投進設在鳥居前的賽錢箱中，站在神前二禮二拍手。然後就這樣合著掌，對神明祈求。

煩惱也好，祈禱也好，不管內容怎樣都好，總之希望神明保佑。以前我的心願只有一個——希望進入長眠的希耶絲塔有一天能夠睜開眼睛。

為了實現這樣的禁忌，我們踏上了一段令人眼花撩亂的旅程。在付出許多代價下解決了震撼世界的《大災禍》之後，奇蹟發生了。沉眠的偵探清醒過來，回到了我們身邊。

就這樣，我們獲得了這個世界上甚至已經不需要《調律者》的和平日子。我們應該獲勝了，應該打贏了各種世界危機與不講理的事情。因此現在的我如果還要許什麼心願，那只有一個。

『希望拯救了世界的偵探今後能過著平靜而幸福的日常生活。』

我在心中又默唸了一次剛才最後對諾艾爾講過的話，祈求神明。

◆牢籠的看守犬

「久等了。」

從京都回來後的隔天。

正當我站在車站前看著手錶的時候，忽然有個槍口「喀」地抵到我的頸部。

不過那只是誤會。我回過頭便看到約好要碰面的希耶絲塔用手指擺出手槍的手勢。她雖然臨時復職為《名偵探》，但還沒有拿回以前愛用的那把滑膛槍。

「我沒看過妳這打扮。」

我們接下來預定要去辦些事情，然而希耶絲塔身上穿的不是平常那件連身裙，也不是昨天的振袖和服，而是另外一套完全不同的便服。

寬鬆的牛仔褲搭配有花紋的束腰短外套，頭上又戴著一頂鴨舌帽的模樣，感覺很男性化或者應該說是街頭風。總之氛圍異於平常的希耶絲塔，讓我忍不住仔細觀察起來。

「一般來講，那樣盯著女性瞧可是會被抓的喔。」

對我的視線還以白眼的希耶絲塔，嘴巴吐出同樣是白色的霧氣。

「一般來講會被抓——意思是說僅限這次的狀況沒問題嗎？」

「如果你盯著瞧的對象是我啦。」

希耶絲塔很爽快地如此表示後，把鴨舌帽重新戴好。

「妳平常那套衣服怎麼了？」

「我只是今天想穿穿看之前跟渚去逛街時買的衣服。」

「那聚會我可沒被叫去喔。」

「為什麼你會理所當然地認為自己可以加入女生的聚會？」

「很高興妳們兩人感情這麼好啦。」

希耶絲塔與渚，這兩人的關係不但是工作夥伴，更是彼此獨一無二的朋友。

過去曾遭到悲劇拆散的她們，如今總算回到當年的朋友關係了。

「雖然說因為這是別人幫我挑的衣服，所以我自己穿起來有點怪怪的就是了。」

希耶絲塔即使嘴上這麼說，依然很開心地看著自己身上的打扮。

她真的有點變了——我不禁這麼想。

雖然我不知道應該跟什麼時期做比較才恰當，但至少跟初次見面並一同旅行的那段時期相較起來，現在的希耶絲塔明顯變得態度柔和許多，也比較會笑了。

當然，以前那樣極端克己的超然主義或許才是她的個人特徵，但我還是希望她能夠成為一個比較容易被些微的情感所左右的人。所以我對於現在的希耶絲塔更是……

「我們走吧。」

就在我落入思緒的大海時，一隻白皙的左手伸到我面前。

唯有她這隻手一點都沒變。

無論在一萬公尺的高空上也好，現在彼此這樣腳踏實地的距離感中也好。

後來我和希耶絲塔搭上計程車，來到的目的地是一所監獄。

這裡講的監獄就是平常所謂的監獄沒錯……但並不是我犯了什麼罪，從今天開始要被關在這裡。我們今天是來跟關在這裡的某個人物會面。

「話說，真的能見到面嗎？雖然到目前的過程都順利得讓人驚訝啦。」

我跟在帶路的獄警後面走著，並如此詢問旁邊的希耶絲塔。

之前我們也嘗試過好幾次要跟那個人物見面，但從來沒有任何一次的會面申請獲得許可過。

「嗯，只要有這個，一定沒問題。」

希耶絲塔秀出來給我看到一下的，是向公家機關證明自己是《調律者》的證件手冊。那是昨天《聯邦政府》正式配發給她的東西。

「……這樣啊。那麼這次就是睽違一年的見面了。」

我們接著走樓梯不斷往下，不斷往下，抵達位於地下最深處的一間完全密閉的鋼鐵製小房間。

隨後，一道沉重的隔板門伴隨低沉的聲響往一旁打開——被關在牢籠裡的人影出現在我們眼前。眼神彷彿連神都會殺掉的女性托著腮坐在那裡。

會面時間是十五分鐘——獄警留下這句話，轉身離開。

於是我深呼吸一口後，叫出牢房裡那位女性的名字：

「好久不見了，風靡小姐。」

◆因為各有正義

「嗨，好久不見啦，臭小鬼。你終於也要入監了嗎？」

有如野獸盯上獵物般的眼睛銳利地朝我看過來。那一頭赤紅的髮色，也許是被正義之刃制裁的罪人們流出的鮮血顏色。那樣的她，擁有好幾個必須加上「前」字的頭銜。

例如前警官，然後前《暗殺者》——加瀨風靡。

我和希耶絲塔就是來跟如今做為罪犯被收監在這裡的她見面。

「我並不是被逮捕了。」

很抱歉總是無法回應妳的期待——我假惺惺地對她鞠躬致歉。

結果風靡小姐瞇起眼睛後，只用嘴角笑了一下。

即便立場和狀況與當年完全不同，此刻眼前的她依然一點都沒變。

「風靡，妳現在過得如何？」

希耶絲塔如此詢問風靡小姐的生活，結果她「哪有什麼如何不如何？」地嗤之以鼻。

「多虧連監獄勞役都被免除的關係，讓我每天除了鍛鍊身體以外都沒事做呀。」

原來她讓人感到殺氣的原因就是這個。聽她這麼講我才發現，她的身體跟以前

比起來，與其說消瘦更應該說是變得緊實了。那件衣服底下的腹肌塊數該不會已經超越人體正常構造了吧？

「話說回來，你選了這邊當正妻呀？」

風靡小姐對希耶絲塔瞥了一眼後，對我如此說道。

「並不是那樣。渚只是現在有點別的事情要辦而已。」

「我並沒有講出那女生的名字喔？」

……居然被這麼簡單的陷阱給騙了。

「然後呢？你們到這種垃圾堆來做什麼？」

風靡小姐撥了一下留得很長的頭髮，詢問我們來訪的目的。

「哦哦，其實……」

於是我把昨天諾艾爾說過的《聯邦政府》高官謀殺事件告訴了風靡小姐。希耶絲塔也從包包中拿出幾張紙本資料，從牢籠縫隙間伸進去遞給她。那些是今天早上《聯邦政府》追加送來關於《未知危機》的報告書影本。

「為何你們要跟我講這件事？」

風靡小姐大致上理解事件概況後，瞇起眼睛銳利地盯向我們。

「**你們難道以為這次的事件又是我幹的嗎？**」

對於她這個問題，我無法立刻回答。

現場頓時陷入幾十秒鐘的沉默。

「該說很遺憾嗎，就算是我也沒辦法從監獄中殺人呀。」

打破這片寂靜的，是加瀨風靡本人。

「做為曾經引發過類似事件的人物，或者做為一名前警官，或許你們期待我能提供什麼線索，但你們要失望了。這些情報根本少得過頭。」

——不出所料啊。風靡小姐把我們交給她的資料又退了回來。其實那幾張紙上到處都有被塗黑，全部都是被《聯邦政府》審閱過的痕跡。

「就連政府高官遇害的場所，似乎也因為是機密事項無法公開的樣子。」

希耶絲塔把退回的資料捲起來，輕輕嘆了一口氣。

事件發生的場所、發生日期與時間、遇害高官的代號等等，各種情報都被當成審閱對象。我們目前能夠知道的頂多就是被殺害的高官已經有十三名以上。

從《聯邦政府》檯面下統治世界的情報管制意義我能理解，但既然他們甚至讓希耶絲塔和渚代理執行《名偵探》的職務去調查《未知危機》，應該稍微再表現出一點合作態度才對。

「這樣簡直就像沒打算讓我們認真調查一樣。」

我內心感到有些氣憤的同時，回想起昨天的事情。我本來還以為只有諾艾爾不同於至今遇過的高官們，應該很通情達理地說。

「很抱歉幫不上什麼忙啦。你們來找我就為了這件事？」

風靡小姐慵懶地伸展一下身體後，準備退回深處。

「不，我們來這裡還有其他理由。」

我如此叫住她，結果她雖然好像有什麼怨言但還是停下了腳步。

「我單純只是想來跟妳見個面。」

我一直好擔心妳。

聽到我這麼表示後，她用一副看不出感情的眼神朝我注視過來。

風靡小姐是大約一年前，緊接在那場《大災禍》平息之後被抓的。

由於世界獲得了永久性的和平，《聯邦政府》決定要廢除《調律者》的制度。同時，至今做為正義的《暗殺者》幹過許多黑暗事的加瀨風靡在失去《調律者》的特權身分之後，緊接著就被判入獄了。

罪狀簡單來講是叛國罪。名目上是因為殺害了一名《聯邦政府》的高官，但真相不明。不管怎麼說，總之上頭的人們將《暗殺者》加瀨風靡這個過剩的正義判斷為一項危險因素。

「妳能夠接受嗎？」

如此詢問的，是希耶絲塔。

對於現在自己因為政府的判斷而遭到收監的狀況，風靡小姐能夠接受嗎？

「所謂的恐怖分子，只要時代改變也可能是傳名青史的革命家。」

這種話不是經常聽到嗎——風靡小姐說著，回頭轉向我們。

「而我現在的處境也只不過是類似，或者說反過來的狀況。自從做為《暗殺者》背負起使命的那天開始，我就抱著總有一天會變成這樣的覺悟了。」

如此表示的她看起來彷彿看開一切，帶著爽快的表情。

「我的本行好歹是警察。只要現在世界和平，人民能夠過得幸福就好了。」

這樣我已得償夙願——風靡小姐說著，表情依舊帶著笑容。

「可是風靡小姐，妳之前不是說過嗎？自己想要再往上爬。」

當時聽到這句話的時候，我還以為她是說做為一名警官想要飛黃騰達。但後來仔細思考，這句話真正的意思是——

「君塚。」

風靡小姐很少會直接叫我的名字。她接著靜靜搖頭。

「我已經得到我要的答案。我是為了獲得那個答案，才會當警察的。所以對於這個和平的世界，我已經感到心滿意足。」

這麼說來，我忘記是什麼時候的事情了。我印象中以前聽過風靡小姐說她立志當警察的理由。是一年前嗎？《大災禍》發生之前？……究竟是什麼？我記得應該是很重要的內容才對。

「話說回來，當初把我踢進這裡的傢伙們，如今卻被未知的敵人到處殺害是嗎？原來如此，好個和平的美好世界呀。」

風靡小姐接著就像故意扮成壞人臉似地笑了一下。

但她說過不對，這件事跟她沒有關係。

我相信她的說法。我只能相信了。

「怎麼好像有點吵鬧。」

這時，風靡小姐抬頭看向天花板。

希耶絲塔似乎也察覺到什麼事，做出豎耳傾聽的動作。在這座地下牢房的上面，恐怕是收監一般囚犯的地方發生了什麼事情嗎？

「你的體質還是老樣子呀。」

「這個再怎麼說都是偶然啦。」

但願如此。我和希耶絲塔互看一眼後，轉身離去。既然偵探與助手在這裡，就不能對事件或麻煩問題視而不見。

「妳並沒有錯。」

希耶絲塔一時停下腳步，這麼說道。

「《暗殺者》加瀨風靡的正義，也不是錯誤的。」

我看不見希耶絲塔此刻的表情，也看不到風靡小姐聽她這麼說之後的表情。

但我只知道，偵探的這句話是對的。

◆七年不見的背影

「……這是、什麼？」

就在我們從地下爬樓梯上來打開門的瞬間，眼前的景象讓我忍不住停下腳步。

呈現井狀結構的監獄中，大量的牢房鐵門都被打開，囚犯們全部從裡面竄了出來。一樓也好，二樓也好，三樓也好，身穿暗色囚服的男人們紛紛在鐵格步道與走廊上奔逃。

「助手，我們躲起來。」

在希耶絲塔的指示下，我們躲到一間空牢房的陰影處觀察事態。首先可以確定的是，那些囚犯們絕不是在逃獄警。畢竟獄警也同樣在逃竄。

——那麼他們在逃什麼？很簡單。

就是那個揮甩著動作如蜈蚣般的蛇腹劍，大鬧監獄的巨漢。

「在哪裡！那傢伙在哪裡！」

巨漢如此大叫，用奇妙的武器到處搞破壞。

那把伸縮自如的劍甚至可以伸長到兩、三公尺，砍破鐵籠，擊碎石牆。那樣鞭甩蠢動的武器，看起來簡直就像——

「——觸手。」

我不自覺這麼脫口而出。

「助手，你仔細看。不是那樣。」

結果希耶絲塔伸手指向現在距離還很遠的敵人。

那蛇腹劍既不是從耳朵伸出來也不是從肩膀長出來。雖然被衣服的袖子遮住，但應該只是單純握在右手上的武器。

或許因為昨天才聽《聯邦政府》講過那樣的話，所以讓我聯想到以前經歷過的那個情景了。

「既然如此，代表我們並不是這麼快就找到了殺害高官的凶手嗎？」

「我是這麼認為啦。雖然也不能確定他毫無關聯就是了。」

那麼我們只是偶然在這樣的時機遭遇了那種對象而已嗎……？

「不過的確很湊巧。」

希耶絲塔用聽起來好像有點開心的聲音如此說道。

「現在跟那時候很像。當成復職戰剛剛好。」

我看向旁邊，發現她竟然不知不覺間換上了平常那套連身裙。

「難得的換衣鏡頭不要那樣草率帶過啊。先跟我講一聲再換行不行。」

「你也好久沒這樣說笑了呢。我還想說要是你的搞笑功力繼續退步，就要跟你拆夥的說。」

「妳把工作夥伴的意義定位得太廣了吧……但現在重要的是，妳要怎麼阻止敵人的行動？」

「首先我希望封鎖那把奇妙的蛇腹劍，可是……」

她接著要講的話我已能猜到。我們手上沒有能夠停下那玩意的武器。

既然希耶絲塔現在代理執行《名偵探》的工作，其實她大可以光明正大地攜帶武器。然而這裡是監獄，要跟風靡小姐會面是不允許攜帶槍械的。

「助手，這邊。」

我們一點一點地接近敵人，同時觀察戰況。

囚犯們還是跟剛才一樣發出粗野的叫聲四處逃竄著，然而那個蛇腹劍男子對於逃跑的人們沒有進一步追殺。

「意思說他並非見到什麼都攻擊嗎？」

既然不是無差別殺戮，代表犯人應該有明確的目的。

「我想到一個好點子了。」

就在這時，希耶絲塔似乎靈光一閃，敲了一下手掌。

「不愧是偵探，真可靠。具體來說要怎麼做？」

「你首先去抱住那把蛇腹劍，這樣男人就會停下動作了對不對？然後我趁這機會接近敵人，朝他肚子賞一拳。」

「以後妳不准再自稱是名偵探。」

這一年讓她的腦袋都退步了。

不，以前好像大致上也是這種感覺？

「如果認真一點想，必須先問出犯人的目的究竟是什麼吧。」

「拜託妳從一開始就認真點啊。不過這點我也同意。」

那傢伙為何要闖入監獄中，到處揮舞那樣的武器？

然而問題的答案緊接著就從本人口中說出來了：

「我不原諒殺掉我妹的那傢伙，我要親手送那傢伙下地獄去。」

……怎麼又好像是在哪聽過的話。就是以前跟我們交戰過的《人造人》蝙蝠。我不禁回想起以前在一萬公尺高空上，那傢伙揮甩著蛇腹狀觸手的模樣。

總之，犯人的目的是——復仇。所以他才會對無關的囚犯們瞧也不瞧一眼，只顧尋找自己的仇人。

既然如此——我和希耶絲塔用眼神溝通後，撿起獄警在逃命時掉落的制服帽，戴到頭上。雖然沒時間把衣服也換掉，但我身上穿的是西裝，應該多少能蒙混過去。

「畢竟你的長相一點特徵都沒有，很適合假扮成別人呢。」

「妳給我記住。等著接受在懲罰間搔癢兩小時之刑吧。」

就這麼偽裝成獄警之後，我走近揮甩武器的巨漢面前。

對方接著發現我的存在，似乎在窺探我下一步行動似地瞇起眼睛。

我輕輕吸一口氣，對他說道：

「你要找的那個人物不在這裡。」

蛇腹劍霎時在半空中停下動作。

然而男子尋找獵物的雙眼依然緊盯著我。

「不，那傢伙肯定是被關在這裡。從十年前就一直在這裡。」

「對，所以你晚了一步。」

我用水分都已枯竭的嘴巴這麼回答：

「一個月前，那傢伙在這所監獄中病死了。」

蛇腹劍男子如野獸般的眼睛頓時睜大。

「所以你的敵人已經不存在於世界上任何地方。你那把武器已經無法尋仇了。」

當然，這全都是我胡謅的。因此嘴上這麼說的同時，我內心不斷祈禱著，希望這個蛇腹劍男子盯上的目標已經逃出了這個地方。最起碼不要幹出現身承認自己就是凶手這種蠢事。

就這樣，我保持著一張撲克臉，靜待審判。

「你在騙我。」

幾公尺前方，蛇腹劍男子的眼神中綻放出昏暗的光芒。

「這不是理論可以講得通的事。就算沒有什麼特殊能力，我照樣可以感覺到仇敵就在附近沒錯。別以為用話術就能騙過我。」

下個瞬間，在半空中猶疑的蛇腹劍尖端忽然朝我飛來。

「……嗚！居然連我都認定是敵人了。」

然而就在那劍快要擊中我的時候，敵人的武器被什麼東西一撞，偏移了方向。

「嗯，看來他果然不是什麼《人造人》的樣子。」

是希耶絲塔。她拿起原子筆當成標槍投擲，阻擋了敵人的攻擊。

「那把蛇腹劍並不是身體的一部分，只是個危險的機關武器而已。」

「似乎是那樣。話雖如此，但對方好像也發飆啦。」

敵人朝我們瞪過來，讓握在右手的武器如長鞭似地一口氣飛來。

「助手！」

希耶絲塔抱起我當場跳到空中。蛇腹劍接著把我們原本站的那塊水泥地板刨出一個大洞。要是被那玩意擊中，肯定會吃不消吧。

「你剛才那項作戰計畫，其實不差呢。」

「嗯，不過想得有點太簡單了。人並不是那麼輕易就能放棄自己的夙願啊。」

我們一邊對話的同時，一邊持續閃避敵人的攻擊。

雖然這麼講，但其實我始終只能被希耶絲塔抱著。就算我成為大人多少有些成長了，在這點上還是無可奈何。這就叫適材適所啊。

「總覺得有點懷念呢。」

希耶絲塔呢喃著。

「七年前也是這樣。」

對，說得沒錯。

和希耶絲塔初次邂逅的一萬公尺高空上。

我在那裡知道了世界上潛藏著強大的敵人，同時知道了與那樣的敵人對抗的偉大偵探。但仔細回想起來，當時我們同樣因為敵人如長鞭般甩動的攻擊陷入苦戰，然後希耶絲塔這次還是講出了同樣那句話：

「至少，給我一把武器呀。」

可是和七年前不同，今天我並沒有準備好手提箱。

「不過包含剛才那段在內，應該爭取了不少時間才對。」

「嗯，已經快要來了。」

我們抵達某個地點後，希耶絲塔把我放下來，停止行動。

蛇腹劍再度逼近。但希耶絲塔並不是放棄了。

偵探來到這裡之前早已做好所有準備工作。

「希耶絲塔！接住！」

夏凪渚從樓上丟下來的滑膛槍落到希耶絲塔手中。

這就是她今天的工作。去向前《黑衣人》接收這把武器的另一名偵探同樣早已做好了準備工作。

「渚，幹得漂亮。」

然後，一發子彈結束了一切。

那巨大的背影，彷彿象徵著此刻《名偵探》又回來了。

◆為使這段故事結束所能做的事情

——隔天，白銀偵探事務所來了一名訪客，就是諾艾爾·德·祿普懷茲。

昨晚我們聯絡告知她關於高官謀殺事件有所進展後，很意外地她竟然親自到這間事務所來拜訪。

「那麼，可以請你們快告訴我嗎？關於《未知危機》調查出的新情報究竟是……？」

在希耶絲塔與渚並肩坐下的沙發對面，諾艾爾用認真的眼神如此詢問。至於我，則是在一旁為她們三個人倒茶。這也是助手很重要的工作。

「進入正題之前，諾艾爾，我可以先問妳一件事嗎？」

我將倒了紅茶的杯子端到諾艾爾面前並這麼問道。

「妳這個打扮讓我很在意啊。這是妳的便服嗎？」

「你說我的打扮？是的，我為了不要對各位造成失禮，所以換了衣服過來。」

如此表示的她，身上穿的是一套荷葉邊裝飾莫名多的黑色連身裙。這應該就是所謂的哥德蘿莉塔風格吧。擁有西洋人五官的諾艾爾的確就像洋娃娃一樣，非常適合這樣的打扮，但她為何要特地穿成這樣？

「入境隨俗——這是日本的諺語對不對？因此我除了和服以外，也學習了日本的其他時尚文化。」

「妳是從哪裡學來變成那樣的？難道妳去了什麼次文化聖地嗎？」

「昨天我去過一間茶坊，裡面的女服務生大家都是這樣的打扮。」

「那只是一間主題咖啡廳啊。妳去的店也太特殊了。」

唉，也就是說她搞不好也有穿成女僕或忍者打扮的可能性。個性認真是好事，但我真擔心她會不會哪天輕易就被人給騙了。

「諾艾爾，妳連香水都換了跟上次不一樣的嗎？」

這時，希耶絲塔唐突地在意起諾艾爾的氣味。

「我並沒有用什麼香水呀，真是奇怪……」

諾艾爾說著，嗅起自己身上的味道。那動作簡直像隻小動物一樣——我抱著這樣的感想，同時拉了一張椅子自己也坐下來。

好啦，閒聊差不多到這邊，接著要進入正題了。

我輕咳一聲後，諾艾爾似乎也察覺我的意思，於是再次詢問：

「那麼，關於謀殺高官的事件，請問究竟有了什麼進展呢？」

對於她這個問題，我、希耶絲塔與渚都互看了一下。昨天監獄那起事件之後，我們三個人討論出了一個假說。

「這個嘛，在講之前要先聲明一點，有了進展的並不是事件，而是更加根本的東西。」

我代替兩位偵探如此說明，結果諾艾爾無法意會地歪了一下頭。

但那樣的態度本來是很奇怪的。因為她不可能不理解這點才對。

「這次你們政府之所以把《名偵探》的權限賦予希耶絲塔和渚，**其實真正的目的不是要她們去調查高官謀殺事件對不對？**」

我們之所以這麼想的理由有幾個。首先就是政府寄來關於高官謀殺事件的詳細資料影本。靠那種到處被塗黑的情報資料，根本想調查也無從調查起。政府明明說事態緊張，卻感覺不出他們真的有委託調查的意思。

另外一點是——一切都發生得太過湊巧了。就在我們昨天去監獄探訪風靡小姐的那個時間點，碰巧遇上了令人莫名聯想到《人造人》的敵人。而且渚又在那麼剛好的時機在監獄附近向《黑衣人》接收了滑膛槍，讓希耶絲塔可以用那武器打倒敵人，完成宛如從前《名偵探》的一樁工作。

……這些未免都太過巧合了。雖然應該不至於連那個蛇腹劍男子都是《聯邦政府》特地安排的人物，但他們是不是早就知道可能在那個時間點會發生那起事件？然後《聯邦政府》又推測我們如果領到《調律者》的證件手冊，應該首先會去監獄跟加瀨風靡見面。因此《聯邦政府》要故意讓我們撞見那個蛇腹劍男子是有可能辦到的。

「為什麼我們要做那種事情？」

說明到這邊，諾艾爾插嘴如此提問。她的意思是假如《聯邦政府》故意讓我們遭遇昨天那場戰鬥，理由又是什麼？

「是為了讓我們恢復為名副其實的《名偵探》對吧？」

多虧如此，害我的幹勁都徹底湧上來了——希耶絲塔說著，輕輕嘆一口氣。

整體的計畫其實是這樣：首先在前天，《聯邦政府》以《未知危機》之名告訴我們正在發生謀殺高官的事件，並透過情報隱約暗示那樁事件與《名偵探》以前負責過的《世界危機》似乎有什麼關聯性。藉由這種手法，等於是半強制性地讓希耶絲塔和渚為了幫以前的事件善後而接受了調查委託。

到這邊為止，無論希耶絲塔或渚都終究只是在政府命令下，臨時代理執行《名偵探》的職務而已。但就在這時發生了昨天那樁事件。由於再次遭遇到從前好像也體驗過的類似事件並出手解決，讓希耶絲塔她們回想起身為《名偵探》的本能與感覺——這就是《聯邦政府》的目的。

因此高官謀殺事件，充其量只是為了使希耶絲塔她們對《名偵探》的工作再度產生興趣的誘餌。雖然不清楚是否一切都是捏造的內容，但希耶絲塔認為前天諾艾爾提過像是「觸手碎片」之類太過造作的要素恐怕都是假的。

「……那麼，請問我們《聯邦政府》為什麼想要讓希耶絲塔大人與渚大人恢復為《名偵探》的身分呢？難道有什麼必須那麼做的理由嗎？」

「我們今天把妳叫來就是為了問清楚這點。」

渚反過來詢問諾艾爾。

「除了調查高官謀殺事件以外，你們真正想要讓我們做的工作是什麼？今後即將發生什麼必須有《名偵探》存在的事情對不對？」

渚的，不，我們三個人的假說再一次被搬到諾艾爾面前。

現場頓時陷入沉默，只有希耶絲塔啜飲紅茶後，將茶杯放回茶杯碟上發出輕微的聲響。把球丟給了對方的我們，現在只能等待對方把球丟回來。

「Corretto（正確答案）。」

最後為我們如此回答的不是諾艾爾，而是我們之外的第三者。

打開事務所的門走進來的那位人物稍微抓起頭上的帽子，用長滿顯眼白鬍的嘴巴笑了一下。

「——果然，不出我所料。」

如此小聲呢喃的，是坐在旁邊的希耶絲塔。

「我隱約猜到背後有您啦，布魯諾先生。」

「各位，好久不見了。」

訪客看著我們三個人，垂下眼角微笑。

前《情報屋》布魯諾・貝爾蒙多。這是一年前那場《大災禍》以來我們初次重逢。

「為什麼、布魯諾先生會？」

渚則是和希耶絲塔不同，一臉困惑地歪著頭。布魯諾究竟是到這裡來做什麼？

對於這個疑惑，老先生保持微笑，拄著拐杖走到我們對面……也就是在諾艾爾旁邊坐下來後，把手放到她頭上輕撫。

「孫女受各位關照了。」

而諾艾爾也稍微放鬆表情，讓布魯諾摸著自己的頭。

「諾艾爾是布魯諾的孫女？可是你們姓氏……」

諾艾爾的姓氏同時也是她的代號叫祿普懷茲，跟布魯諾的姓氏貝爾蒙多不一樣。

「是的，其實我曾有一段時期是貝爾蒙多家的養女。」

諾艾爾不時和布魯諾互看，對我這麼說明。

「雖然現在由於一些因素已經不是那樣，但我長久以來都是在爺爺大人的地方長大。我回到現在這個家，是大約一年前的事情。」

換言之，對諾艾爾來說，自己姓貝爾蒙多的時期比姓祿普懷茲還要久的意思。

希耶絲塔似乎也不曉得這件事情，一邊輕輕點頭一邊看著那兩人。話說，既然會挑在這個時機出來介紹，代表——

「也許因為人老了，我覺得差不多想跟你們炫耀一下自己的寶貝啊。」

「……爺爺大人，請問您是喝醉了嗎？拜託您不要這樣，很害羞的。」

平時態度酷酷的諾艾爾現在嘴角好像都要彎起來的樣子。布魯諾看著那樣的孫女笑了一下後，接著把視線轉向希耶絲塔。

「不過妳好像早就發現我在諾艾爾的背後了？」

「那只是我的直覺而已。」希耶絲塔對布魯諾這麼回答。

「今天從諾艾爾身上可以稍微聞到一點您的味道。香水、白蘭地以及百年旅行的風塵氣味。」

聽到希耶絲塔這麼說，布魯諾一瞬間感到意外似地挑了一下眉毛，然後摸摸下巴笑了。

「這是自己很難發現的東西啊。」

不愧是鼻子比野生的地獄三頭犬還靈的名偵探。

「那麼，布魯諾，既然你來到這裡，代表你會告訴我們真相嗎？」

我把對話再度拉回正題。為什麼《聯邦政府》即使用上這麼拐彎抹角的做法，也想要讓希耶絲塔和渚回去當《名偵探》？既然在諾艾爾的背後有布魯諾，表示說明這點應該是他的任務才對。

「首先，我們要講個前提。」

布魯諾臉上浮現出嚴肅的表情開始說道。

「你們剛才敘述的假說基本上都講對了。這幾天你們周遭發生的這些事情，是為了讓兩位偵探復職為《調律者》的必要步驟——不過關於《未知危機》的部分並不是完全捏造出來的東西。那是在今後的世界實際會發生的危機。」

「有確定什麼時候會發生嗎？」

渚如此詢問。既然是前《情報屋》，應該也知道這點才對。

「就在《聖還之儀》當天。」

……居然就是那天啊。《聯邦政府》與前《調律者》們，以及其他世界各地重要人士齊聚一堂的機會。假如真的有企圖危害世界的未知存在，會挑上那天也是很合理的判斷。

「所謂《未知危機》是指新的敵人嗎？究竟是何方神聖？」

「**那是指來自某個聖境的使者**。」

布魯諾瞇起眼睛，稍微降低聲量這麼說道。

「那被推測是某個未知國家或大陸，甚至可能是未觀測到的衛星，是《聯邦政府》唯一無法出手干預的聖境。不過他們有時候會透過現代科學無法查明的通訊手段單方面與《聯邦政府》聯絡。」

……世界上竟然存在有像是國家的組織還沒被發現？然而如今我們已經知道在尚未觀測到的衛星上有生命體居住，像是《原初之種（席德）》的存在，因此也無法否定這種可能性。

「我們將那個無法觀測的領域稱為《未踏聖境（Another Eden）》。」

布魯諾講到這邊小小咳了幾下。於是坐在旁邊的諾艾爾叫著「爺爺大人」，並溫柔撫摸他的背部。

「我以前也有稍微聽說過。據說住在那個聖境的使者至今好幾度嘗試對這個世界的攻擊性接觸。」

希耶絲塔將手指放到下巴，思考起來。

「也就是說，這次那個襲擊行動將會發生在《聖還之儀》當天？而你們將這件事情稱呼為《未知危機》嗎？」

「正是如此，希耶絲塔大人。」

諾艾爾代替不停咳嗽的布魯諾點點頭，接著說道：

「就在不久前，我們接到來自《未踏聖境》單方面的聯絡，內容表示會在即將舉行《聖還之儀》的那天來襲。並且說，到時候會聽我們的回答。」

「回答？那傢伙們跟《聯邦政府》之間在做什麼交涉嗎？」

「是的，君彥大人。簡單來說，他們要求跟我們締結某項條約。然而……」

諾艾爾講到這邊欲言又止，恐怕交涉過程並不順利吧。

而《未踏聖境》的使者偶爾會來硬的手段。這次也是一樣。

「順便問一下，那個條約是什麼樣的內容？」

渚這時代替我提出了我也感到在意的問題。我本來還擔心祕密主義的《聯邦政府》可能不會那麼輕易告訴我們，但諾艾爾卻意外爽快地說出了條約的內容。

簡單來說，那似乎類似《聯邦政府》與《未踏聖境》之間的和平條約。然而聖境使者提出的條件是要《聯邦政府》將在這個世界被當成機密管理的「某樣東西」轉讓出來。可是政府表示並沒有那種東西而予以拒絕，使得條約至今還沒被締結的樣子。

「因此現在我們只能夠為了當天預先做好準備。」

咳嗽停下來的布魯諾重新用強調的語氣對我們表示。

「大約兩週後，在《聖還之儀》上必定會發生《未知危機》。希望你們在那之前能夠盡量理解這個世界，並做好覺悟——再次投身於戰火之中的覺悟。」

「……所以你們才想要讓希耶絲塔跟渚回去當《名偵探》？」

「正是如此。老態龍鍾的我能做的事情有限。既然如此，我希望盡力增加我方同志的人數。」

果然。這就是這幾天在我們周圍發生的事情背後的意義。那麼希耶絲塔和渚聽完這些話之後，會怎麼想？

「我們就做吧。」

希耶絲塔比誰都先如此回答。其實只要看過她昨天舉著滑膛槍的那個背影，就能知道她會這麼說了。

「嗯，因為我們是偵探呀。」

至於渚對於這份工作有多自豪，只要想想她以前還是代理偵探時的表現，不想理解也難。

我這時對坐在旁邊的希耶絲塔和渚瞥了一眼。兩位偵探的眼神都不帶絲毫迷惘地看著明天。既然如此，我的答案也只有一個了。

「我是你們的助手，要把我帶去哪裡都隨妳們高興吧。」

假若災禍平息的這一年是和平的劇終。

那麼就讓我們迎接可以使那樣的日常生活延續到今後未來的片尾字幕吧。

【某偵探事務所的某一天】

早上九點。

大學休假的日子，白銀偵探事務所的一天大約都是從這個時間開始。

在一棟住商混合大樓的二樓。打開門鎖，轉開門把，眼前便能看到熟悉的辦公室。

我首先拉開窗簾，接著打開自己的電腦。只確認一下有沒有收到緊急委託信件之後，開始簡單的掃除工作。

話雖如此，但畢竟這裡無論所長或偵探都是愛乾淨的人，因此事務所其實一直都保持得很清潔。我拿著掃把稍微掃個地，然後整理一下書架。就在這時，事務所的門「喀嚓」一聲打開。

「早安～君彥，你來得真早呢。」

偵探——夏凪渚輕輕打著呵欠走進來。

她把外套掛到衣架上之後，坐到自己的辦公桌前伸了個懶腰。

「妳沒睡飽嗎？是不是又熬夜看外國影集啦？」

「沒有，是昨天研究室聚餐到很晚，而且教授也有留下來，所以我不好意思先離開呀。」

「我們應該是同一間研究室吧？為什麼我沒有受邀？」

該不會研究生和教授都不知道我的存在吧？這樣將來真的有辦法畢業嗎？我抱著些許的不安，坐回自己的辦公桌。

「工作吧。」

早上九點半。

由於兩名員工都到齊了，於是我們正式開始一天的工作……然而……

「有收到什麼新的委託嗎？」

「只有印刷機出租店的宣傳郵件而已。」

「還是老樣子呀。這個月會有薪水可領嗎？」

渚渾身無力地趴到桌上。自從上次的外遇調查，不對，是跟蹤狂事件之後，我們還沒有接過什麼像樣的委託。然而就某方面來說，這也是沒辦法的事情。

之所以這麼講，是因為我們白銀偵探事務所連一個網站都沒有。唯一的宣傳方法只是在車站的布告欄上張貼傳單而已，大部分的人甚至根本沒注意到有這樣一間事務所存在。

「不過既然這是所長的方針，我們也無從抱怨就是了啦。」

希耶絲塔的說法是，服務業要適材適所。一般人想要尋求協助時，能夠提供幫助的場所或組織已經非常多了。但我們要幫助的對象，是脫落於那些普通狀況之外的人們……她說希望創立出那樣一個場所。

「我出去買個東西好了，反正很閒。有需要買什麼嗎？」

「頂多就是招待客人用的茶點吧？雖然到最後都是我們自己吃掉就是了。」

渚笑著說一聲「的確沒錯」並站起來，重新抓起自己的外套。

「要不要我也一起去？可以幫忙提東西。」

「嗯～要是有你在感覺會被捲進什麼奇怪的事件，所以不用了。」

「太不講理啦。」

就這樣，渚出門離開，又只剩下我一個人了。所長還沒有來。

早上十點。

我泡了杯咖啡回到座位，發現電腦收到一封信。

是《聯邦政府》高官諾艾爾・德・祿普懷茲寄來的。自從她上次到我們事務所來拜訪之後，這是事隔兩天接到的聯絡。郵件中記載有一段視訊通話用的網址，於是我戴起耳機麥克風，打開通話。

『早安，君彥大人。』

電腦螢幕上映出諾艾爾身穿漂亮便服的身影，朝著我低頭問好。她大概在自己房間，背景可以看到西洋風格的家具擺飾。看來她已經回到自己本來的故鄉（我記得她說過是法國？）了。既然如此……

「妳那邊現在應該是大半夜吧？沒問題嗎？」

『沒問題的，畢竟還有堆積如山的工作要做。』

在《聯邦政府》工作似乎比在偵探事務所工作還要血汗的樣子。

「然後呢，有什麼事？如果要找所長，我可以去叫她起來。」

希耶絲塔此刻應該在這棟房子的樓上呼呼大睡。

『不，沒有關係。我有聽爺爺大人說過偵探大人很會睡覺的事情了。多多吃，多多睡，現在也繼續在成長茁壯呢。』

「當她是小孩子嗎？」

就在我們如此閒聊的時候，我又收到一封新的郵件。

信中附加了飛往法國的飛機票，應該是為了讓我們出席十天後的《聖還之儀》吧。以《聯邦政府》的作風來說，難得會如此厚待。

『我希望請你們確認一下這封信，另外也正在為各位準備飯店房間。請問有希望住什麼樣的房間類型嗎？』

「不，隨便就好。要我們三個人住同一間也沒問題。」

只要想想以前被希耶絲塔帶出去的那段流浪生活，光是有地方可以伸著腳睡覺就感激不盡了。

『各位感情真的很好呢。請問君彥大人有在跟另外兩位之中的誰交往嗎？』

「要是我跟那兩人之中的誰在交往，就不可能三個人住一間了吧？妳當我的倫理觀念是怎麼了？」

『沒關係的。我可以現在馬上為你列一份一夫多妻制度的國家與地區清單。』

「不要在莫名其妙的地方發揮政府高官的實力啊。」

被我這麼吐槽後，本來面無表情而酷酷的諾艾爾稍稍露出了微笑。

『不過各位果然好像家人一樣，真令人羨慕呢。』

「家人、嗎？以分類上來講應該說同事比較正確吧。」

而且要說家人，諾艾爾不也……我本來想接著這麼說，但稍微感到猶豫。因此我改問了她一句：「妳現在過的生活怎麼樣？」

『我雖然姓氏恢復為祿普懷茲，不過現在是一個人住……其實我對那個家的回憶並不是很好。』

「……這樣啊。不過妳現在還是偶爾會跟布魯諾見面對吧？」

『是的，我們每個月必定會聚餐一次，閒話家常。』

原來如此。基於兩人的立場上，想必反而不太方便聊工作上的事情吧。據說從前過著《情報屋》人生的布魯諾幾乎不太會把自己的知識分給他人。我想這點就算是政府人員或自己家人應該也不例外才對。

『雖然我不曉得爺爺大人對於那種只是閒聊的聚餐是否喜歡就是了。』

「他就是因為喜歡才會每個月跟妳見面吧？」

『但願真的是這樣。』

諾艾爾回應得很含糊，同時把視線別開。

「不過確實啦，別人的心情根本無從得知啊。」

聽到我這麼說，諾艾爾便『君彥大人也是嗎？』地微微歪頭。

是啊。渚或希耶絲塔現在心中究竟在想什麼，我也不是真的能夠理解。

「對方的想法頂多只能根據彼此一起度過的時間與回憶，多多少少推測出來而已。然而不管怎麼去思考，最後終究只能靠自我想法來決定。」

對方肯定是這麼想的，自己這麼做對方應該會高興——諸如此類。人類都是自我中心的生物，只能這樣活下去。因此也只能想辦法建立起至少當雙方的自我互相衝突的時候能夠克服問題的人際關係了。

『這麼說也是。不好意思，跟你講這樣奇怪的話題。』

諾艾爾稍微垂下眼角，對我道歉。

『另外，也謝謝你……如果我的家人是像君彥大人這樣的人物，或許我的人生也可以活得更抬頭挺胸呢。』

「這也是高官玩笑嗎？」

我這麼一問後，諾艾爾只是『誰曉得呢？你猜猜看。』地露出微笑。

「或許有很多問題啦，不過現在的當務之急還是要為即將到來的《聖還之儀》繃緊神經吧。」

距離所謂《未知危機》發生的日子還剩下十天。我們必須在那之前盡力摸索出自己能做的事情。

「總之妳可以先把《聖還之儀》的招待來賓名單寄給我嗎？為了保險起見，我希望能掌握清楚當天的參加人員。如果《聯邦政府》的關係人不能公開情報，那只列出其他人也沒關係。」

『我明白了，等一下就馬上寄給你。我們這邊現在也正嘗試與各位前《調律者》們聯絡。爺爺大人也認為還是要盡可能增加我方同志的數量。』

是啊，自己人越多，自然越可靠。我們接著約好要再聯絡後，便切斷了通話。

「哦？你也意外地會為了細膩的事情煩惱呀。」

應該只有我一個人的房間忽然響起這樣的聲音。

我把頭轉過去，發現不知何時起床的希耶絲塔站在那裡。

「妳從哪裡開始聽到的？」

「從你說到正為了感情事苦惱的地方。」

才沒講到那種話題吧。或許。

「順便告訴你一個知識，一夫多妻制的國家似乎在西非很多喔。」

「哦，這樣啊。那我也順便問一下，妳是為了什麼理由去查過這種知識的？」

「……我只是當成一般常識知道這件事而已。」

希耶絲塔很做作地咳了一聲後，走向自己的辦公桌。

「我認為你並沒有做錯喔。」

她接著一邊開電腦，一邊若無其事地這麼表示。雖然我聽得出來她換了個話題，但不曉得究竟想講什麼，於是靜待她講下去——結果……

「畢竟在一位少年的自我意識驅使下，如今有個偵探在這裡。」

希耶絲塔的表情沒有太大的變化，不過她確實看著我的臉這麼說道。

我只小聲說了一句「這樣啊」，並且把那杯勉強還沒涼掉的咖啡拿到嘴前。

「我回來囉～啊，希耶絲塔起床了。」

就在這時，渚提著購物袋回到事務所。

「我老早就起床啦。只是因為稍微沖了個澡，看看書，喝杯紅茶，再看個電影才會晚來的。」

「啊～好啦好啦，不用解釋了。」

渚一副已經很習慣地打發希耶絲塔，然後把買來的東西攤到桌上。

「我在車站前買了看起來很好吃的麵包回來，要不要大家一起吃？」

早上十點半。

距離正式開始工作，大概還要再花一點時間吧。

【第二章】

◆如果這就是偶像的工作

布魯諾與諾艾爾來事務所拜訪後過了五天。大學還在放寒假的我和渚兩個人，一起參加了某位藝人的演唱會。

地點在聽說是由出名建築師設計出來的國立競技場。

這座被樹木圍繞的體育場給人一種有如真的置身於森林中的感覺，人工物與大自然渾然一體。在這樣的舞臺上，日本最有名氣的頂級偶像少女正在舉辦全國巡迴演唱會的最後一場閉幕演出。

「更長更遠　直達☆的遠方　永遠絕對　站在♡的一邊～♪」

而演唱會此時已來到中盤。站在中央舞臺上的偶像少女為了把氣氛炒得更熱，一邊高唱一邊帶動觀眾。我們則是站在舞臺後方的觀眾席上，雙手握著桃紅色的螢光棒回應她的熱情。

「將記號＝希望？　讓口號響徹雲霄～♪」

震撼全場的打 Call 聲與歡呼聲籠罩整個會場。

然而我始終保持沉默，只是不斷朝著舞臺揮舞發光的棒子。沒錯，並不是只有大聲呼喚才叫聲援偶像。做為一名粉絲，有時候像這樣從後方靜靜觀望也是很重要的……

「居、居然在哭……」

一旁的渚有點嚇呆似地看著我。

「你以前明明會大聲打 Call 的不是嗎？反而是那時候的心態上比較健全吧？」

「看到唯喵如此成長茁壯的樣子，會感動落淚也是當然的啊。」

「你當自己是小唯的什麼人啦？」

渚傻眼地嘆了一口氣。但我現在可沒時間理她。

「謝謝大家～！剛才這首就是『你的機關』！」

唱完歌的唯喵，不對，齋川唯對著我們這群粉絲們大大揮手。

而我也輕輕揮手回應……啊，現在跟她對上眼睛了！

她剛才絕對在看我！不會錯！

「小唯長大成熟，結果君彥反而退化了吧？」

接著沒過多久，齋川開始進入現場ＭＣ的部分。

她的一舉手一投足，都變得比以前更加落落大方。

「不過的確啦，感覺小唯好像已經跑到我們伸手不及的地方去了。」

渚似乎很感慨地望著那樣的齋川。

現役女高中生偶像——齋川唯。

認識當年還是個中學生的她，如今是高中二年級生。但這幾年來她的人氣不減反增，在國內甚至開始涉足演員事業，國外公演也屢創佳績。

現在的她是個演唱會一票難求的大偶像，這次我和渚也是身為關係人才得到一點方便的。希耶絲塔起初也想一起來參加，但後來卻說今天有工作而窩在事務所。

「即使有加入粉絲俱樂部，演場會門票的中選率也是5％以下。她變得比以前更難見到面啦。」

「嗯，話說君彥有參加小唯的粉絲俱樂部這件事，我還是第一次知道呀。」

我沒講過嗎？我從三年前就加入了，每個月都會收到會刊。

「那麼今天受到招待真的要說很幸運呢。」

「雖然做為一名純粹的粉絲感覺像在走後門，讓我有種罪惡感就是了。」

「不，說到底，我們今天參加這場演唱會也不是來玩的好嗎？」

是啦，我知道。等等還會有一場稍微嚴肅一點的會談。

至少在那之前，我希望可以讓自己沉浸在這位超級最最可愛的偶像所營造出來既Catchy又Crazy的世界之中。

後來過了大約兩個小時。我們按照預定計畫來到後臺休息室，便看到順利結束演唱會的齋川正喝著茶稍事休憩。

「啊！」

她一注意到我們就從椅子上起身，眼神閃亮亮地朝我們跑來。於是我帶著幾分緊張的心情展開雙臂，等待她投懷送抱——

「渚小姐，我好想念妳呢！」

結果齋川撲進的是渚的懷抱中。

「小唯，好久不見！」

在遭到忽略的我旁邊，渚緊抱著齋川原地轉起圈子。

好啦，我早就知道會這樣了。

「啊，君塚先生。你好。」

齋川接著從渚的懷抱中稍微探出臉。

「妳故意的對不對？那種冷漠的態度再怎麼說都是妳故意的對不對？」

她見到我半瞇著眼睛瞪向她，便輕輕笑了一下。

「話說齋川，妳為什麼是穿制服？」

結束演唱會的她，現在不知為何穿著高中的制服。

「畢竟好久沒跟君塚先生見面了，我想說最有魅力的勝負服裝是什麼，最後就變成這樣了。請問你覺得如何呢？」

齋川說著，捏起制服的緞帶向我展示。

穿制服的齋川的確讓人感到很新鮮。不過……

「那也就是說，到頭來妳還是很期待跟我見面吧？」

「……你好囉嗦。我不喜歡不解風情的人。」

齋川用力把臉別開，又回到渚的地方去了。

為什麼都只有渚吃香。難道我也生為女性比較好嗎？

「真受不了，還是老樣子呢。」

就在這時，有個人物走進休息室，用冷淡的眼神看向我。

「男人的嫉妒是世界上最讓人看不下去的東西喔，君彥。」

正在為齋川泡茶的那名少女，外觀看起來酷似年輕時代的希耶絲塔。

「會不會嫉妒跟男女無關吧，諾契絲。」

我叫出這名字後，少女只用嘴角輕輕笑了一下。

「如今世界上到處都在高喊性別平等，卻反而只是讓言論越來越局促呢。」

身著古典女僕裝的她用一點也不像機器人的諷刺態度批判社會。搞不好再過個幾年，高喊機器人平等的時代就會到來了。

「話說回來，妳到外面也是跟齋川在一起啊。」

「是的，身為齋川家的女僕長，負責護衛唯大人是理所當然的事情。」

諾契絲是從一年前開始在齋川家工作的。當原本的主人希耶絲塔沉眠的那段期間，一直都是諾契絲在身邊負責照護。不過由於希耶絲塔後來清醒，使諾契絲從那份使命中獲得解放，於是如今在齋川家擔任起女僕長了。

「妳還是老樣子過得很忙吧？」

「是的，每天光是整理宅邸和庭院就要做到太陽下山。為什麼樹木的生長速度會那麼快呢？」

諾契絲雖然如此描述自己每天的辛勞，但還是又補充一句「雖然這是我自己想做而做的工作就是了」。讓她解除了原本使命的不是別人，就是希耶絲塔本人。而那同時也是希耶絲塔想告訴她可以活得更自由的一種訊息。

「我果然還是比較喜歡服侍人。」

然而諾契絲如今按照自己的意思，依舊身為一名女僕在侍奉人。我想這不需要我判斷，肯定是一件好事吧。

「你們那邊看起來也是老樣子呢。」

諾契絲望著齋川和渚開心聊天的模樣，對我如此說道。她似乎偶爾還會跟希耶絲塔交換情報，所以應該很清楚我們的日常生活。

「雖然希耶絲塔和渚常常吵架就是了。」

可是吵完三十分鐘後，她們又會用彷彿在開女生聚會似的愉快情緒講話。

我忍不住嘆了一口氣，回想平時那兩人的情景。

「感覺很愉快的樣子。」

「我是很想吐槽她們那樣累不累啦。」

「我在講你。」

結果令人意外地，諾契絲注視著我。

「你感覺很愉快呢，君彥。」

「……是沒錯啦。」

在諾契絲面前矯揉掩飾也沒用。因此我用除了她以外聽不見的聲音這麼回應。

「好啦，差不多該進入正題了。」

諾契絲率先這麼表示後，一直聊不停的齋川和渚也聚到我們這裡來。

「請問你們有事情要跟唯大人講是不是？」

我點點頭，把關於《未知危機》的事情大致說明了一遍。之所以這麼做，是因為之前諾艾爾給我的《聖還之儀》招待名單上，我發現也有齋川的名字。

以前齋川唯同樣為了平息《大災禍》跟我們一起行動過。因此她才會擁有出席這次典禮的權利吧。

「原來如此。一個禮拜後將會發生那樣的危機……」

齋川聽完說明後，露出嚴肅的表情陷入思考。既然她也會出席《聖還之儀》，我就不能不將這些情報告訴她了。

「其實關於要不要出席那個典禮，我還在猶豫的階段。因為如果是一個禮拜後，就剛好會跟海外公演撞期了……」

「這樣啊。國內巡迴演唱會才剛結束的說，真是辛苦妳了。」

聽到我這麼慰勞，齋川則表示「雖然我是很愉快啦」並露出皓齒。後來我們都沉默了一段時間，不過齋川再度開口。

「話說，大家現在依然會想要跟世界扯上關係呢。」

齋川不也是在世界的舞臺上唱歌嗎？——我本來要這麼回應，但很快就察覺她想表達的不是那種意思。齋川所說的「世界」，是指我們以前體驗過的各種非日常的世界。

這一年來，我們都過著相對上較安穩的日子。然而據說在這次的典禮上將會發生《未知危機》。我們又要與久違的非日常世界接觸了。

「我……究竟該怎麼做才是正確的呢？」

齋川有點傷腦筋似地笑了。如今得知世界將可能再度爆發什麼危機，那麼自己到底應該怎麼行動才是對的？

「不久之前，這個世界上還有很強大的敵人，大家都認真覺得恐怕已經要完蛋了。可是現在有希耶絲塔小姐，有渚小姐，我們大家都活得很健康，很幸福。這一年來，真的就像作夢一樣過得很快樂。」

這一年來，齋川就如同從前的她，一直和非日常的世界保持距離。每天努力實現自己做為一名偶像的夢想。正因為如此，她現在才會對選擇感到猶豫吧。

但我反而認為，齋川一路跟隨我們到這裡已經非常厲害了。即使打倒了跟她左眼有關係的《原初之種（席德）》之後，她還繼續協助我們救回希耶絲塔。因此……

「是不是對妳來講太沉重了？」

搞不好我一直以來都太過依賴齋川的善良心地了。

我不經意這麼想，而開口詢問了齋川。

「太沉重，嗎……或許吧。」

齋川說著，陷入沉思。

隨後，她又講了一句「對，的確很沉重。」但不知為何露出害臊的表情看向我和渚。

「對我來說，你們兩位從以前到現在，一直、一直都是沉重到我雙手抱不起來的重要存在呀。」

偶像耀眼的笑容讓我不禁回想起以前的某段情景。

成為我們與齋川邂逅契機的那場藍寶石左眼事件。解決了事件的那天就跟現在一樣，我們聚在演唱會結束後的後臺休息室中。當時我們靠著渚的激情互相連接起來，彼此連起了切也切不斷的緣分。

「小唯果然是個偶像呀。」

渚瞇起眼睛，溫柔地注視齋川。

她講的這句話乍聽之下理所當然，但恐怕意思有點不一樣。

「既然妳說現在這個世界就像作夢一樣，那我比較希望妳身為一個偶像，守護大家的日常生活呢。」

對，渚想要對齋川表達的意思是……

「因為偶像的工作就是為大家帶來夢想不是嗎？」

齋川頓時驚訝地睜大眼睛。

沒錯，跟世界扯上關係的方法不是只有一種。

預測世界危機的人，與巨大邪惡交戰的人，為傷者療癒的人，以及守護日常生活讓大家有個歸宿的人。維持正義的方法並不局限於一種。因此——

「——好的，我很樂意！」

齋川就像從前那天一樣，露出純真無邪的笑容如此回應渚。

即使變成了比過去更成熟的偶像，她依然是率真自然的齋川唯。

◆綁架的約定俗成之美

後來，我們四人又暢聊一段時間後，我和渚才離開了演唱會場。正當我們打算今天就這樣直接回家的時候，事件發生了。我的手機收到一封寄件人不明的郵件。內容是——心愛的名偵探在我手上。

我和渚看到這封郵件，立刻趕往白銀偵探事務所。

「希耶絲塔！」

我解開門鎖，用力打開事務所的門。

然而，一絲希望終究落空，辦公室深處的固定座位上看不到白髮偵探的身影。

「……！怎麼會，為什麼？」

希耶絲塔在這地方遭到什麼人綁架了。

——沒能趕上。我忍不住當場跪下，意識就這麼轉為黑暗。

「拜託，別演得像什麼視覺小說遊戲的悲慘結局一樣。」

快站起來啦——渚說著，讓我站起身子，然後又表示「你瞧」，並拿起放在桌上的一張紙條給我看。上面寫著……

「如果想救回心愛的名偵探，就到電波塔的頂端來——果然是綁架嗎？」

「嗯~可是我不覺得希耶絲塔會那麼輕易被人擄走呀。」

這麼說也對。我反而可以想像出犯人遭到反擊而受了致命傷的景象。

「那麼是熟人犯案嗎？」

「嗯，或者應該說，希耶絲塔根本也很清楚自己被帶走的事情吧？像犯人留下的這張紙條呀，是用桌上那枝鋼筆寫的對不對？」

「哦哦，的確。從墨水的質感大約可以看出來。」

換言之，犯人是在現場寫下這張給我們的挑戰書嗎？在這間希耶絲塔想必也在場的事務所內。

「可是鋼筆有好好插回筆架上，事務所內部也完全沒有打鬥過的痕跡。所以這肯定是在受害者（希耶絲塔）也同意之下的計畫性犯罪。」

原來如此，那麼代表狀況並沒有那麼急迫的意思了。

「好啦，既然都知道了，我們就去找你心愛的名偵探吧。你心愛的名偵探。」

「妳為什麼看起來有點在瞪我啦？這又不是我寫的。」

我重新拿起綁架犯（？）留下的那張紙條。在電波塔上是嗎？

「可是這個講的，是紅色跟藍色哪一座啊？」

講到日本出名的電波塔，有自古存在的紅色與比較新的藍色兩座。

「你在講什麼呀？藍色那座之前不是……」

「哦哦，說得對。那就是紅色那座了。」

我們走出事務所，攔下一臺計程車。接著來到原本是日本最高的電波塔，但希耶絲塔卻不在那裡。取而代之的是展望臺玻璃上貼有一張跟剛才很像的紙條，上面記載了下一個目的地。

咖啡廳、舊書店、教會——我和渚被指使奔波於各種場所，當周圍徹底被星空籠罩的時候，我們來到一處老舊的遊樂園。今日的營業時間已經結束，園區內看不到半個人影。

當然，我們的目的並不是來主題樂園玩。按照紙條上的指示，我們入侵到某座遊樂設施的員工區。接著掀開地板上的瓷磚，便出現一條通往地下的梯子。來到地下後，眼前看到一扇門。

「拜託差不多結束啦。」

身心俱疲的我打開那扇鐵門，結果——

「夏露，別亂動。妳臉蛋都被灰塵弄髒了。」

「呵呵，大小姐，很癢呀！」

我看到一個穿吊帶背心的女人，正被希耶絲塔用毛巾擦臉擦得很開心。

「妳在搞什麼鬼啊，夏露？」

「哎呦，來得比我想的還快呢。」

那女人的名字叫夏洛特・有坂・安德森，是我們以前的同伴，一名活躍於世界各地的特務。她將自己所學的暗殺術發揮在救人行動上，而實際上我也數不清自己被她從危機中拯救過多少次了。

然而即便是那樣的夏露，依然有弱點。舉個例子像她不擅長需要動腦的行動，另外還有她因為對希耶絲塔喜歡過頭，會像這樣不小心幹出綁架行徑。不要不小心就綁架人啊。

「啊，助手，渚，你們來了。」

「……唉，妳沒事就好。」

現在仔細想想，那個「心愛的名偵探」原來是從犯人的角度在講的啊。簡直是世界第一白痴的綁架犯。

「妳故意讓我們到處繞遠路對吧？為了享受跟希耶絲塔兩人獨處的時間。」

「在講什麼呢？我只是稍微測驗一下你們的實力有沒有退步而已。」

夏露若無其事地用微笑含糊帶過。接著站起身子，拿起靠在牆邊的一把長槍，用布擦拭起來。是希耶絲塔的滑膛槍。

「這到底是什麼地方？希耶絲塔也在這裡幹什麼？」

這房間給人的第一印象，真要形容起來就像個祕密基地。房間裡有許多螢幕，映出遊樂園內部之類的影像。另外在牆邊的一張工作檯上，還有刷子和機油罐等等東西。

「我其實是拜託夏露幫我保養一下槍。另外我也在考慮要不要順便請她幫我在槍身上添加新的花紋裝飾。你覺得如何？」

「老實講我一丁點興趣都沒有。」

◆特務的表裡

「話說回來，為什麼在這種地方會有個基地啦？」

我透過房間內的螢幕望著園內的景象，如此詢問夏露。在影像中可以看到剛才跑出去玩的希耶絲塔和渚。這是因為偵探說難得到這裡來所以要求稍微去玩一下。至於是哪一位偵探我就不明講了。

「就是因為在這種誰也想像不到的地方才有意義呀。」

結果夏露一邊收拾著工作檯一邊回答我的疑問。

「敵人也萬萬想不到主題樂園的地下竟然會有這樣的藏身處吧？」

「什麼敵人，妳究竟是在跟誰戰鬥啊？」

「也是啦。如今利用這裡的機會或許也很少了。」

從這講法聽起來，以前她做為一名特務可能真的經常利用這類欺瞞耳目的藏身基地吧。而這次是在這裡幫希耶絲塔保養她長久以來沒有使用的槍械。

「可是像這種事情通常不是史蒂芬負責的工作嗎？」

製作出希耶絲塔那把滑膛槍的，是前《發明家》史蒂芬・布魯菲爾德。所以我一直以為像這類保養武器的工作也是那男人負責的。

「聽說那男人現在好像下落不明喔。不過畢竟他原本是個醫生，或許只是在什麼地方專心從事本業而已吧。」

……這樣啊。既然如此，布魯諾是不是也沒聯絡上他呢？如果考慮到《未知危機》的事情，會去尋求前《發明家》的協助應該也不奇怪才對。

「大小姐她又要去當《名偵探》了是吧？」

夏露忽然停下手，這麼呢喃。既然希耶絲塔會委託夏露保養槍枝，想必也有向她說明過要這麼做的原委才對……不，就算希耶絲塔沒講，這位特務想必也對那邊世界的狀況很清楚吧。

「雖然只是臨時代理職務而已啦。」

至少最初和諾艾爾的約定內容是這樣。

「夏露會參加《聖還之儀》嗎？」

或許該說理所當然，這位特務的名字也有被列在招待來賓的名單上。我本來想說就算我不多嘴，夏露應該也會自己做出決定。但既然都這樣見到面了，談談這件事應該也好吧。

「……講個以前的故事。」

結果夏露沒有立刻回答我的問題，而是用這樣一句開頭敘述起來。

「我接到一份特務的工作，負責到一個戰亂地區護衛某位女孩子。那女孩的父母都是軍方的高層人員。由於他們被敵人盯上的可能性很高，便把保護小孩的任務託付給我。」

夏露從以前就不太會講自己工作上的事情。一方面當然也是因為有保密義務的關係，不過她似乎也有給自己定下這樣的規矩。

「後來的三個禮拜，我在戰場中躲避著砲火，和那女孩子兩人一起生活。」

而既然現在夏露會向我描述這件事，肯定有什麼意義。因此我始終靜靜聆聽。

「我們聽著大砲的聲響，在簡易防空洞中互相緊靠著身體。食物越來越少，兩個人分著水和餅乾過活，拚命聊著彼此的夢想，只看著將來的事情努力活下去。」

「那就是夏露的日常吧。」

我絕對不是在同情她。同情心理等於是草率否定了她所選擇的人生。那種事情是不可以做的。

「在那樣的逃難生活中最難受的一件事，你猜是什麼？」

我從她的描述中想像當時的情景。

接連不斷的槍聲、空腹、衛生上的問題、自身的生命危機……不，夏露所重視的應該不是自己，而是保護對象的少女才對。

「我們開始那段生活的第二天，我就獲知那女孩的父母陣亡了。然後在那三個禮拜中，我一直向保護對象隱瞞這件事實。」

那是唯有真的經驗過戰場的人才會知道的答案。夏露一直在撒謊。為了不讓少女斷絕活下去的希望。

「後來紛爭總算停息，於是我帶那孩子到大使館避難，並且在那時候才把真相告訴她。而她哭著罵了我一句——妳這大騙子。」

始終用平淡語氣敘述的夏露，祖母綠色的眼眸這時第一次搖盪起來。

妳並沒有做錯——我很清楚這樣的安慰一點意義都沒有。

我不能同情她，更別說和她產生共鳴。

因此我只能傾聽。傾聽夏洛特・有坂・安德森的故事。

「很抱歉，讓你一直聽我講話。」

或許開始覺得冷了吧，夏露披上一件外套。

「只不過，這樣的體驗就是我的日常——這件事實偶爾會讓我感到害怕。」

我很軟弱對不對——夏露小聲呢喃。

「人本來就是軟弱的。」

聽到我這麼回應，夏露苦笑一下。

既然夏露會特地跟我講這些，代表她也在猶豫吧。

現在的自己還有勇氣接受像從前那樣的日子嗎？假如出席了《聖還之儀》，是不是會被迫再度與災禍扯上關係？

「即使這樣，你還是會去對吧？」

「是啊，既然那兩位偵探這麼說。」

「只要你說你不要，那兩人肯定會聽你的喔。」

「為什麼要說我不要啦？」

我如此一笑置之，結果夏露一臉有話想說似地盯向我。

「你很擔心那兩人對吧？」

我沒有回答，只是望著螢幕上的希耶絲塔和渚。在夜晚的遊樂園中，那兩人坐著沒有其他遊客的旋轉木馬，開心笑著。

「我好歹可以猜得出來你在想什麼。」

聽到夏露這麼說，我不禁把頭轉過去。

「越是討厭的對象，反而懂得越深呀。」

她說著，對我露出無上的笑容。

唉，我從來沒有看過這麼令人火大的笑臉。

「不過你不覺得，在討厭的人面前撒謊也沒有意義嗎？」

言下之意是要我講真心話吧。反正我們之間的好感度根本無關緊要。

「是啊，我很擔心。」

我望著螢幕細語。

「只要想到現在也笑得那麼開心的她們可能又要遭遇危險的事情，老實講我真的擔心到晚上都會睡不著。或者說希望她們能在我身邊一起睡啊。」

「說到那種程度就有點噁心了。」

「不要忽然背叛啊。」

我輕咳一聲，重新說道：

「我的確會感到不安。可是如果就這樣不參加《聖還之儀》，她們兩人就永遠都無法解開《調律者》的枷鎖——故事會無法落幕。」

所以我們現在沒有選擇。所謂選擇的權利，並不是誰都能無條件獲得的東西。因此現在我們只能前進。相信眼前這條路將會通往我們期望的片尾字幕。

「這樣，那我就不再多講什麼了。」

夏露這麼表示後，又說一句「我也去玩吧」並準備離開祕密基地。

「我姑且跟妳講清楚，我並不是因為討厭妳才說出真心話的。」

我叫住夏露，如此聲明。

我不是因為討厭或覺得對方無所謂，才對她講出真心話。

「因為妳是同伴。」

聽到我這麼說，夏露有點驚訝地睜大眼睛，接著只說一聲「是嗎」之後轉身離去。

就在她轉身背對我的瞬間，我隱約看到她的側臉好像有點開心地露出微笑，但這種事再怎麼說都應該是我想太多了吧。

◆距地一萬公尺的夜空

睜開眼睛，我發現自己在夜晚的頂樓。

不。與其說睜開眼睛，也許應該講不知不覺間當我回過神的時候吧。

這裡不是什麼大樓或飯店，也不是大學校區內的頂樓。

是高中校舍的頂樓，因此我很快就察覺了這是一場夢。

現在的我沒有理由入侵到這座古老的校舍裡來。是殘留在我潛意識裡高中時代的印象，偶然讓我看到這個夢境嗎？還是……

「好久不見了，我心愛的搭檔。」

忽然間，我感覺到旁邊有人。那個人和我一樣抱著腿坐在地板上，身上穿著跟這個姿勢很不搭的軍服。我知道這少女的名字。

「海拉。」

聽到我叫出這個名字後，她一如從前地瞇起紅眼睛，露出冶豔的微笑。

「是妳把我叫到這裡來的嗎？」

海拉從前是與我和希耶絲塔為敵的《SPES》幹部，也是夏凪渚的另一個人格。在與《原初之種（席德）》的最終戰役中最後消失的她，難道如今也依然在什麼地方守望著我們嗎？

「你做的夢可真會順你的心呢。」

海拉沒有直接回答我的問題，將視線轉向前方。

順我的心——意思是說我在無意識中，期盼著能夠和海拉像這樣在夜晚的頂樓上交談嗎？

「話說我剛剛還在跟齋川她們玩國王遊戲，正好換我抽中國王，要讓穿著女僕裝的齋川叫我『主人』啊。可不可以拜託妳快點讓我回到現實世界去？」

「那種愚蠢的夢話別再給我講第二次。順便告訴你，你和齋川唯與夏洛特開心玩耍已經是一週前的事情了。而且就算你們真的玩國王遊戲，你也只有一輩子受到屈辱的份。」

我的現實世界也太不講道理了。真沒轍，我就稍微繼續沉浸在海拉讓我看見的這個夢境中吧。

「海拉，妳過得好嗎？——這樣問好像有點奇怪。」

「也對，說到底，我是個打從一開始就沒有實體的存在。本來既沒有生也沒有死呀。」

也許就是因為如此，現在才能這樣跟你講話吧——她說著，站起身子。

「你倒是過得很健康又愉快的樣子。」

「看得出來？」

「嗯，被兩位心愛的偵探圍繞著，對吧。」

雖然『心愛的』這個形容是多餘的，不過的確啦，我無法否定自己每天過得還算愉快。而且就連諾契絲都看穿了這點啊。

「那是值得驕傲的事情。是你達成心願，獲得的幸福。明明幾年前你還在這頂樓上哀嘆著世界不講道理的說。」

「妳是說我跟渚相處的那個時候啊。」

「對，就是主人回想起自己的來歷，感到難受痛苦的那個夜晚。」

哦哦，當時也是像這樣一個星空美麗的夜晚。渚剛得知自己的真實身分以及過去犯下的罪行，而我就在這地方陪伴哭泣的她一起吹著夜風。

當時我發誓，要幫那樣的渚承擔一半不講理的境遇。從那之後過了兩年多，當時痛哭的渚已經不存在了。

「──真的是這樣嗎？」

夜風忽然變強，讓海拉身上的軍服激烈擺盪。

「不只主人而已。世界上真的到處都已經沒有在哭泣的女孩子了嗎？」

海拉赤紅的眼睛注視著我，她的《言靈》強制我的思考。

二十年來的各種景象宛如跑馬燈般閃過我的腦海。

我天生具備這個令人討厭的體質。我目睹過的慘痛悲劇絕不是一、兩本小說就能寫完的程度。然而就在一年前，災禍結束。人們應該獲得了和平的日常生活。所以──

「既然難得見到面，我希望你跟我約定一件事。」

海拉不等我回答，又接著想要跟我做什麼約定。

「不准讓渚哭泣，對不對？」

以前我向海拉這麼發誓過。要是我違背約定，就要付出兩人份的代價──加倍殺死我。

「說得對。不過既然你已經是大人，就讓你再成長一步吧。」

望著遠方星辰的海拉轉回頭，面帶溫和的笑容說道：

「不要讓夏凪渚以及她所重視的朋友哭泣。」

渚所重視的朋友究竟是誰？我腦中浮現了幾張臉。

就在我準備回應海拉什麼話的時候……

「——君彥——喂，君彥呀。」

呼喚著我的聲音，讓我的意識一口氣清醒過來。

「你一直在難受呻吟喔？還好嗎？」

在我眼前，有個紅眼黑髮的少女探頭看著我的臉。我忍不住用手指捏起她垂下來的長髮。

「妳頭髮長長了。」

「在講什麼時候的事啦？你睡傻了嗎？」

不過她真的跟那傢伙長得一模一樣。

我接著只問一聲「現在幾點？」並轉動頸肩。看來我有點睡太久了。

「話說妳們兩個，不要把人夾在中間玩撲克牌行不行？」

我如此責備坐在左右兩邊的那兩位偵探。從我前方座位的背面放下來的小桌子上，被她們兩人玩過的撲克牌搞得一片凌亂。

現在我們所在之處，是一萬公尺的遙遠上空，飛往法國的一架客機上。我看一下手錶，從起飛後過了大約兩個小時。

「難得出來旅行卻一直在睡覺的君彥才奇怪吧？」

「沒錯，助手對於旅行的樂趣從出發時就已經開始的意識還不夠。」

不知道為什麼，渚和希耶絲塔兩位偵探卻都反過來責備我。騙人的吧？錯的人是我嗎？

「妳們還是老樣子啊，這種在好的意義上欠缺緊張感的樣子。」

即便有危險逐漸迫近，依然不會糟蹋眼前樂趣的那個態度。無論以前和希耶絲塔旅行的時候也好，和渚兩人行動的時候也好，都是這個調調。她們總是全力享受著當下每一分每一秒的樂趣。

「當然，遇上關鍵的時候我們就會立刻切換心情了。尤其在這次的狀況下。」

希耶絲塔如此強調。

我們現在搭機前往法國的目的，是參加明天即將舉行的《聖還之儀》。而到時候將可能發生諾艾爾他們所說的《未知危機》。

一個禮拜前，尤其是夏露對於這點感到非常不安。她還跟我說過，只要我認真說服，希耶絲塔和渚應該會改變出席的念頭。然而到最後，我就像是不理會她的建

議似地搭上了這班飛機。而這麼做有個很大的理由。

「既然知道布魯諾先生將會面臨危險，我們總不能坐視不管呀。」

渚如此小聲呢喃。其實就在幾天前，我們白銀事務所收到了一封寄件人不明的信件。

信中寫的內容是——**世界之智不久將亡**。

這也是所謂《未踏聖境(Another Eden)》的使者寄來的警告嗎？還是完全無關的第三者寄來的東西？目前我們還不清楚，但不管怎麼說……

「在這次的典禮上，布魯諾先生將會遭遇什麼不測。但我們身為偵探絕對會出面阻止。」

希耶絲塔說出我們這次行動中新增的一項任務。

這一個禮拜來，我們盡己所能地做了各種準備。預測種種可能的事態，也有事前做好一些對策。即便沒有委託人，偵探依然會持續為人付出。就這樣，我們如今正在前往無名的委託人在等待的法國。

「——偵探大人與助手大人都依然如故呢。」

這時，忽然有聲音從我們頭上傳來。似乎站在走道上聽見我們對話的那位女性面帶微笑，將咖啡倒入手上的紙杯。

「在飛機上跟妳碰面的機率是一二〇%啊，奧莉薇亞。」

我收下那杯醒腦飲料，對那位空服員開了個玩笑。而希耶絲塔和渚也說著「好久不見」對她問好。

奧莉薇亞並不是普通的空服員。她身為守護世界的《調律者》之一——《巫女》的使者，以前和我們有過幾次交流。

「米亞過得可好？話說，她會出席典禮嗎？」

我最近都沒有跟那位原本是個家裡蹲的巫女見面。希耶絲塔則是常常玩線上遊戲，似乎偶爾會透過語音聊天聽到米亞的聲音。

「是，米亞大人也非常期待能與偵探大人和助手大人見面。就在前幾天，她為了難得與各位見面的機會，還精心挑選了新的禮服。」

「那是什麼窩心又可愛的行為呀。」

渚忍不住笑了起來。米亞今年也十九歲了，真期待看到她成熟的樣子。

「米亞已經抵達當地了嗎？」

希耶絲塔如此詢問。我聽說過米亞現在的活動據點，依然是在倫敦的那座鐘塔才對。

「米亞大人目前正單獨在北歐某國執行她的工作。」

「那個米亞竟然單獨一個人……？」

我忍不住這麼問道。畢竟我知道以前的米亞是多麼不願意走出來外面的世界，因此這樣的變化實在令人感到驚訝。而且……

「妳說工作，但米亞已經失去那個能力了吧？」

「是的，現在的米亞大人確實不再預言《世界危機》，然而她關心世界的心情並沒有改變。她表示這次要用自己的眼睛看看真實的世界，因此經常外出旅行。」

就好像從前的各位一樣——奧莉薇亞說著，溫柔地看向我們。

「而且接下來搞不好會發生什麼無法窩著不管的事情。」

……啊啊，米亞她們果然也已經知道了。在這次的典禮上可能會發生什麼未知的危機。因此米亞即便失去力量，現在也依然盡己所能在行動著。

「既然米亞不在這裡，代表今天妳是在執行自己平時的工作囉？」

「是的，當然我也在完成自己身為空服員的職責。不過……」

奧莉薇亞說著，拿出大概原本藏在送餐推車裡的一只手提箱，打開來讓我們看到裝在裡面的東西。

「這是《原典》。」

出乎預料的重要物品出現在眼前，讓我不禁當場僵住了。這就是諾艾爾之前提過，預定會在《聖還之儀》上登場的超重要書籍。為什麼那玩意會在這裡？

「這是巫女大人的指示。她表示即便打破任何規定，也務必要將這個交給君塚大人。」

「……給我？我搞不懂意思。應該不是要我當送貨員吧？」

既然米亞也預定會出席典禮，她只要自己帶過去就行，或者最起碼也應該繼續託付給身為使者的奧莉薇亞才對。說到底，《聖典》本來是除了米亞以外的人都禁止閱覽的書籍，更不用說是其中的《原典》了。

「是的，沒錯。即便如此，巫女大人依然要將《原典》託付給您。至於這個行為將被賦予什麼樣的意義──」

奧莉薇亞說著，把《原典》遞到我手中。

「我想應該就決定於身為《×××》的君塚大人了。」

──喀噠喀噠的震動傳來，掩蓋周圍的聲音。

也許是亂流導致機身劇烈搖晃的緣故。我一瞬間有種失去意識般輕飄飄的感覺。當回過神時，我的手用力緊握著《原典》。

「……嗚！奧莉薇亞，妳沒事吧？」

我張開乾燥的嘴巴，忍不住這麼問奧莉薇亞。

「……？是的，比起我，君塚大人似乎還比較……」

奧莉薇亞一臉感到奇怪地注視著我。

「真的耶，君彥你怎麼了？流的汗好誇張呢。」

渚也看著我疑惑歪頭。

我用手擦拭額頭。這不是一瞬間就能流出的汗量。

「……哦哦，我沒事。話說現在幾點了？」

「呃，你不是剛剛才問過嗎？」

我看了一下左手上的手錶。從飛機起飛之後過了兩小時又一些。

放在小桌子上的咖啡還沒涼掉。

「助手？」

我想看向窗外，結果和另一位偵探對上了視線。

希耶絲塔感到奇怪又有點擔心地望著我，我則是和剛才一樣回應她一句：「我沒事。」

「那不是真的沒事的人會講的話喔？」

「我只是因為被飛機搖得有點怕而已，妳握一下我的手就沒事了。」

「你啊，是笨蛋嗎？」

「唉，太不講理了。」

總覺得這段對話也好久沒說了。不過假如把這想成是我對世界感到不講理的機會減少的象徵，好像也不是什麼壞事。不對，沒有被說成笨蛋本身就是好事了嗎？

腦袋都混亂起來啦。

「抱歉，我真的已經沒事了。」

思考著這些無聊問題，讓我緊繃的肩膀這次真的稍微放鬆了。

於是我向希耶絲塔如此表示，並且把受到託付的《原典》收進自己的手提包之中。

後來超過十個小時的飛行終於結束，我們抵達了目的地的機場。

接著要等待領取托運的旅行箱……但不知為何，只有我的行李不管等了多久都沒有出現在輸送帶上。

我不禁哀嘆著自己一如往常的不幸體質，最後行李總算回到手上時，渚和希耶絲塔已經不在身邊。她們早早就丟下我一個人，先前往寄宿飯店了。

「為什麼明明有兩個人卻兩個都這麼無情啊？好歹有一邊對我好一點嘛。」

就在我一邊走在機場裡一邊如此埋怨的時候……不經意看到一名少女被一個高個子男性搭話的景象。

雖然由於他們講法語，讓我有很多部分聽不太清楚，不過那男性好像指著自己手中的照相機。或許是希望為少女拍張照片吧。

「哎呀，會想要找她當模特兒的心情我也不是不能理解啦。」

那名灰髮少女始終面無表情，酷酷地站在那裡，身上穿著一套格外醒目的哥德&蘿莉塔風格洋裝。她正是我的熟人……雖然我不曉得算不算真的很熟啦，但那少女就是諾艾爾・德・祿普懷茲沒有錯。

或許她是特地到機場來接我們的吧。不管怎麼說，總之為了幫個忙，我走向她的地方。然而我又不太敢像電視劇那樣嚇對方說「你找我女人有什麼事？」之類的。

就在這時，我不經意回想起以前跟諾艾爾聊過「如果我是她家人……」之類的話題。既然如此……

「啊！」

諾艾爾注意到我的身影。於是我站到她面前，對著拿相機的男人用笨拙的法語說道：

「你找我妹妹有什麼事？」

◆哥哥大人也不錯

「不好意思啦，還麻煩妳送我一程。」

在諾艾爾特地安排的車子上，我對她表達感謝之意。

這輛全黑的高級車中寬敞得讓人可以盡情把腳伸直，甚至還有準備香檳。不過到飯店的車程僅有十分鐘，應該沒時間喝吧……正當我這麼想的時候，諾艾爾卻「請用」地遞給我一個玻璃杯。那我至少喝一杯好了。

「迎接典禮的重要來賓是理所當然的事情。」

諾艾爾還是老樣子像個洋娃娃一樣，表情沒有太大的變化，不過嘴角帶著柔和的微笑。真希望其他政府高官們全部都能向諾艾爾好好看齊啊。還有希耶絲塔跟渚也是，她們竟然丟下我就走。

「而且應該表達感謝的人是我。剛才真的很謝謝你——哥哥。」

我把喝到口中的香檳噴了出來。

「哇！請問你沒事吧？非常抱歉，這不合你的口味嗎？司機先生，請立刻前往葡萄園。」

「我沒事，拜託繼續開到飯店吧。不用跑去收成或釀造什麼葡萄。」

我用手帕擦掉自己噴出來的香檳。

「諾艾爾，妳說誰是誰的哥哥？」

「呃，請問我說了什麼奇怪的話嗎？」

全部都很奇怪啦。

唉，真後悔剛才在機場情急之中亂講話。要說什麼事情很恐怖，就是她會不會在希耶絲塔或渚面前用那種稱呼方式叫我啊。

「看來你似乎不太喜歡的樣子，非常抱歉。」

諾艾爾對我恭敬鞠躬後，「那麼，請問這樣如何呢？」地注視著我的眼睛。

「葛格。」

「嗚！」

我當場心臟病發作倒下。

『你啊，是笨蛋嗎？』

甚至連希耶絲塔都出現在我腦中，看來已經是末期了。

「呵呵，不好意思。只是開個妹妹玩笑，還請你原諒。」

諾艾爾雖然臉上盡力保持著平常那樣認真的表情，但雙腳可能是無意識地偶爾晃了幾下。

「那麼，君彥大人。」

「稱呼方式已經改回去啦？」

「關於之前提過的那件事，請問可以稍微跟你談一談嗎？」

看來開玩笑的時間已經結束了。然後講到之前提過的事情，我只會想到一件。

「關於布魯諾的事情啊。」

幾天前，我們事務所收到的一封神祕信件——世界之智不久將亡。我們雖然立刻將這件事也告知了諾艾爾，但還沒有深入討論過。

「其實我們也還是一頭霧水。關於這件事並沒有調查得很充分。」

「……這樣、嗎？不，這也不能怪你們。畢竟這本來就不是《名偵探》大人的工作。」

希耶絲塔和渚當初接到的指令終究是讓《聖還之儀》能撐過《未知危機》順利舉行。布魯諾的案件完全是預期之外的事情。

「不過假如布魯諾真的會在《聖還之儀》遭遇什麼危機，我們家的偵探也不可能坐視不管。這跟什麼職務或使命之類的東西沒有關係。」

唯有這項決心，我們在來時的飛機上才剛討論過。

「妳那邊如何？有什麼保護布魯諾安全的方案嗎？」

「講真心話，我認為直接讓《聖還之儀》本身取消舉辦，應該是最安全的做法……但現實來講這點很難辦到。《聯邦政府》希望能夠盡早舉行《聖還之儀》焚燒《原典》，以實現世界和平。」

那是我們第一次見到諾艾爾的時候也聽過的內容。據說焚燒《原典》，將《巫女》的能力歸還給神明，就能夠讓世界的災禍永久平息。

「我再確定一次，那是真的嗎？只要《聖還之儀》能夠順利舉行，今後就永遠不會再發生《世界危機》了？」

舉例來說，那可能是《原典》的擁有人米亞透過感覺能夠知道的事情。然而並非當事人的我，對於那種說法終究只能當成一種傳聞情報來理解。

「……是的，沒有錯。」

諾艾爾的眼神些微搖曳。

「過去幾千年的紀錄也能夠實際證明這點。只要這次的《聖還之儀》順利結束，君彥大人與偵探大人們今後就絕對不會再被捲入《世界危機》之中。」

我聽到她這麼說的瞬間，隱約明白她剛才為何會一時吞吐其辭了。

過去幾千年的紀錄能夠實際證明——換言之，至今的歷史上想必也有舉行過《聖還之儀》吧。然而現在卻要再度舉行《聖還之儀》，這其中所隱含的意義就是……不，現在重要的不是這點。我已經問出想要知道的情報了。於是我只回應一聲「這樣啊」並繼續說下去：

「那麼，不能只有布魯諾婉拒出席之類的嗎？」

這場《聖還之儀》是採取招待制，因此布魯諾應該也有婉拒出席的權利才對。

「如果可以，我心情上也非常希望爺爺大人那麼做。但是……」

我知道她接下來要講什麼，肯定是布魯諾拒絕了這項提議吧。

不過只要站在布魯諾的立場想想看，這也不難理解。本來是他請求希耶絲塔和渚出面對抗《未知危機》，自己卻因為感受到自身有危險就脫離戰場——這種事情他肯定不願做吧。

「假如敵方的要求能夠再稍微清楚易懂一些就好了。」

這樣一來，或許就有交涉的餘地，或者易於擬定作戰計畫才對。然而，《未踏聖境》（Another Eden）的使者們向《聯邦政府》要求的「某個東西」究竟是什麼，我們都不知道。

「……其實，我有稍微聽過一點謠言。」

「謠言？」

「是的，據說從前《聯邦政府》的高官們將**某項重大機密**藏進了潘朵拉的盒子中。然而到現在已經沒有人知道那個機密的真相……但《未踏聖境》的使者會不會是透過某種方法知道了那個東西？」

這是我當上高官後才初次聽聞的謠言——諾艾爾這麼表示。從前《聯邦政府》拚命掩藏的重大機密，而敵人是在知道這件事的前提下威脅我方。

「我究竟該怎麼做才好呢？要怎麼做，才能保護世界和爺爺大人呢？」

諾艾爾有點自嘲地如此呢喃。

她的那份苦惱，或許也源自她複雜的立場。首先她身為《聯邦政府》的高官，必須請求前《調律者》的布魯諾也出面對抗《未知危機》。因為這就是他們建立出來這個世界的正義機制。

然而諾艾爾與布魯諾之間還有另一種關係相連，那就是——家人。如果諾艾爾非常重視這個關係，她會希望布魯諾婉拒出席典禮也是很正常的心情。

「對於妳來說，布魯諾就是如此重要的存在啊。」

「……是的。因為只有爺爺大人站在我這邊，是我的家人。」

諾艾爾接著喃喃說起自己過去的經歷。她出生於十五年前，是與《聯邦政府》有關係的法國貴族《祿普懷茲》家的後代。然而她是當時祿普懷茲家的當家與一名在宅邸工作的女僕之間生下的小孩。諾艾爾的母親很快就被趕出宅邸，而父親和他的正妻都對於諾艾爾的誕生感到很不悅。

「我一直以來在祿普懷茲家都被當成不存在的人物。沒有人會跟我講話，對我的問題也沒有人會回答。祖父母、雙親和哥哥，甚至連傭人們都一樣。在那個家中，我一直都是個隱形人。」

「從那狀況中把妳拯救出來的，就是布魯諾了？」

諾艾爾望著車窗外，「是的。」並輕輕微笑。

「十年前的某一天，爺爺大人將我從那個家救了出來。他為從來沒有跟人講過話的我帶來言語，並教導我如何笑、如何哭。他讓原本透明的我恢復為正常人。」

諾艾爾與布魯諾的關係性，並不是我能夠擅自揣測的東西。不過那兩人之間毫無疑問存在著只有他們知道的十年份羈絆。就像我跟那名偵探少女一樣。

「可是從一年前開始，我又變成一個人了。」

諾艾爾消沉下來的聲音並沒有被車子的喇叭聲掩蓋，清楚傳到我耳中。

一年前，諾艾爾與布魯諾之間的收養關係被解除了。在那兩年前她就已經代替據說行蹤不明的哥哥開始擔任《聯邦政府》的高官，不過後來和布魯諾的收養關係也正式解除，完全從貝爾蒙多家分離了。

「爺爺大人偶爾會安排只有我們兩人的聚餐會，想必實際上也是……唔？」

諾艾爾的雙頰凹陷，嘴脣嘟起。因為我用右手夾住了她的臉頰。

「妳不是好不容易學會了怎麼笑嗎？要好好記住師父（親人）的教導啊。」

我把「唔咕」呻吟的諾艾爾的嘴角往上一推。

「再試著跟布魯諾談談看吧。」

我說著，把手鬆開。結果諾艾爾似乎很驚訝地睜大眼睛。

「或許還有什麼辦法可行。遵循使命守護世界，同時又能做為家人保護布魯諾的方法——讓我們再一起想想看吧。」

不能讓現在的諾艾爾失去布魯諾。

夾在使命與利己之間迷惘搖擺的她，在我眼中看起來，彷彿是映出某個人的一面鏡子。

作戰開始 Mission Start

後來沒過多久，接送車抵達了目的地。

我和諾艾爾暫時道別，走入政府為我們安排的飯店，搭乘電梯上樓。

這是一間我平常絕對沒有機會可以住的豪華度假飯店。我敲一敲位於三十五樓的一扇房間門，希耶絲塔便「啊，總算來了。」地開門迎接我。

「……這個無情女。」

「才不是呢。我只是相信你無論遭遇什麼困境都一定可以克服，才會早一步到飯店來的。」

唉，講得可真好聽。

我拖著旅行箱進入房間，看到裡面是呈現商務套房的構造，除了臥室以外還有一間客廳。而兩位偵探似乎就在那客廳享受著喝茶時間，桌上放有茶點與茶壺。

「咦？君彥也是住這房間嗎？」

見到我無奈地坐到椅子上，坐在對面的渚疑惑地眨眨眼睛。

「是啊，因為我跟諾艾爾說過三人住一間也沒關係。」

「感覺好危險呢～」

「不要扭著身體說行不行？」

「我才沒有！」

正當我們如此愉快交談的時候，希耶絲塔端著杯子走過來。

「你也要喝紅茶吧？」

「呃～不，我喝水就好。」

我伸手拿起擺在桌上的瓶裝礦泉水。

「……是喔。」

結果希耶絲塔不知道為什麼，好像有點無趣地坐到我旁邊。

「話說你是不是喝了酒？你身上有點酒精味。」

「這只是剛剛在接送車上，諾艾爾問我要不要喝，所以喝了一杯而已。」

「明明你平常一直叫我不要喝酒的說。」

那是自作自受。因為這位偵探曾經有過喝酒失態的前科啊。

「咦？你有見到諾艾爾呀？那你有跟她談過那件事嗎？」

渚把巧克力放進嘴裡並這麼詢問。

「有，聽說布魯諾果然沒有婉拒出席典禮的打算。」

「……是喔。那就更要為了《聖還之儀》做好準備才行呢。」

「諾艾爾應該也是因為這樣才想依靠我們吧。畢竟聽說其他的《調律者》們幾乎都沒辦法聯絡到人的樣子。」

對，正如希耶絲塔所說，有辦法親自站上前線戰鬥的前《調律者》現在只剩下《名偵探》了。而且在兩人之中只有希耶絲塔一個人。

「嗯？怎麼了？」

大概是注意到我的視線，希耶絲塔輕輕歪了一下頭。

「沒事，我只是想說如果夏露也在，至少會好一點。」

「但那孩子現在有別的任務要執行呀。」

沒錯，大約一週前還在猶豫是否要出席《聖還之儀》的夏露，最後決定不參加了。然而並不是因為對於身為特務的她來說消極負面的理由，而是由於有其他重要任務要辦的關係。

「那傢伙現在究竟在幹什麼，就連希耶絲塔應該也不曉得吧？」

「嗯，不過夏露那樣就好了。」

希耶絲塔雙眼遙望著遠方似地說道。那側臉看起來好像感到有點驕傲。

對。夏洛特已經不是一個只會跟在偵探後面的特務了。

「小唯的海外公演，不知道準備得如何呢？」

渚看著手機小聲呢喃。我記得演唱會的正式登場日應該是後天。

「順道一提，我剛剛寄了封『你現在在做什麼？』的郵件給她，結果收到『請別當自己是人家男友。』的回信。」

「小唯也太犀利了吧。」

像這樣的閒聊對話暫告一段落後……

「然後，希耶絲塔，我們接下來要怎麼行動？不管怎麼說，我覺得都必須找布魯諾再稍微談談看吧？」

「現階段我們應該做的，是無論《聖還之儀》遭到什麼人襲擊，都能將傷害降到最低的準備工作。」

希耶絲塔看著手機，講述今後的方針。

「咦？可是這項作戰計畫是不是還沒跟助手共享？」

「我這邊也有做個保險或者說準備工作……不過現在先擺到一旁吧。」

「喂，妳們不要一直玩手機，也告訴我詳細內容啊。」

雖然我最近確實才經驗過小組成員的立場不統一，反而可以把事情辦得較好的案例就是了。

「算了，萬一遇上緊急狀況時我也有自己的妙計啦。」

「哇，那真是太好囉。」

希耶絲塔，那種敷衍方式頗傷人的啊。

「不過呀，總要有個人做最終判斷才行呢。」

渚這麼表示。的確，就算擬定了多少作戰計畫或準備工作，在關鍵時刻如果無法做出決斷也沒有意義。

「交給助手就行了吧。」

教人意外地，希耶絲塔竟如此提議。我和渚都不禁疑惑歪頭。

「現在回頭想想，不管是恢復《調律者》的權限也好，參加《聖還之儀》也好，挑戰《未知危機》也好，全部都是我和渚決定的。所以接下來輪到你了。最後的指揮權就交給助手囉。」

希耶絲塔說著，用指尖對我臉頰戳了幾下。

「這是信賴的證明對吧？絕不是想要推卸責任而已對不對？」

我這麼苦笑一下後，手機忽然收到好幾封郵件。

「……哦哦，原來如此。」

我和兩位偵探各對上了眼睛。

作戰（Mission）早已開始了。

◆伊甸園的使者

接著太陽傾斜了三十度左右後……

「好漂亮～！簡直像電影裡的世界一樣！」

在一艘航行於河川的小船上，渚望著溶於暮色之中的街景，發出陶醉的嘆息聲。剛才在飯店房間稍事休息後，我們來到塞納河，參加了能夠一覽巴黎景色的渡輪之旅。

這趟航行之旅大約會遊覽一個小時，可以從河上欣賞到艾菲爾鐵塔與亞歷山大三世橋等景點。然而由於一些因素，這觀光船的航行旅程似乎即將廢除，而我們可以說是趕上最後的機會，得以欣賞這片有如電影般的景色。

「雖然說，像電影情節般的經驗我們倒是多得不想再多了。」

希耶絲塔也站在甲板上，手拿著一個裡面裝果汁的酒杯，沉思起來。如她所說，無論是間諜動作片也好，B級科幻片也好，當然偵探推理片也好，我們以前在各式各樣的電影片中都當過主演。

「只有愛情片沒演過呢。」

「是呀，不過這也許要怪男主角吧。」

渚和希耶絲塔這時一副有什麼話想說似地看向我。

「太不講理了。」

我抓準最適合講這句話的時機如此表達不滿，並喝了一口葡萄酒。

在口中散開的澀味，和咖啡又是截然不同的絕妙滋味。

「各位果然都是非常成熟的大人呢。」

望著我們三個人如此呢喃的，是諾艾爾。為我們安排這躺包船之旅的人正是這位少女。

「可以看得出來各位想必體驗並戰勝過一次又一次我無法想像的經歷，而建立了只有三位之間能夠理解的特別關係。」

聽到她這麼說，我們三個人不禁轉頭互看。表情各自不同。希耶絲塔在故作冷靜的表情中流露出驕傲的心境，渚一臉滿足的同時又浮現苦笑……不曉得我的臉在她們兩人眼中看起來又是什麼樣的表情。

「各位之間這樣的關係，在日文中是怎麼說的呢？我記得……好像不是三者牽制……對了！是三角關係。」

「我們差不多進入正題吧。」

我發聲蓋過諾艾爾口中冒出來的危險詞彙，把目光移向在場的另一個人物。

「關於明天的典禮，你果然還是沒有要婉拒出席的意思是吧，布魯諾？」

頭戴高帽的那位老紳士站在跟我們稍有一點距離的地方，手拿酒杯眺望著河川。把布魯諾叫來這裡的同樣也是諾艾爾。

「是的，總不能讓各位站到戰場上，我卻自己一個人坐在樹下看書吧？」

一如之前已經聽過的，布魯諾終究選擇把自己的使命放在優先考量。

「假如在這裡屈服於敵人，可謂正義之恥。我不會屈服於任何威脅之下。」

「爺爺大人……」

諾艾爾用擔心的眼神注視著布魯諾。

「用不著擔心。而且如果《未踏聖境》(Another Eden)的使者盯上《聯邦政府》……諾艾爾，要說危險的話妳也一樣。不是嗎？」

「是這樣說沒有錯……但爺爺大人是唯一被敵方指名的人物。我認為當務之急是抱持最大的警戒心，並且調查其中的理由。」

布魯諾與諾艾爾由於互相擔心對方而產生衝突，可是又找不出妥協方案。

「不過諾艾爾說得對。」

如此插入兩人對話的，是渚。

「為什麼只有布魯諾先生會被《未踏聖境》的使者個別盯上呢？為《聯邦政府》提供協助的應該也有其他人吧？」

的確如此。要說協助《聯邦政府》試圖反抗《未知危機》的人，像在場這兩位偵探應該也一樣才對。

「不，歸根究柢，我並不認為你們收到的那封信是來自《未踏聖境》(Another Eden)的使者啊。」

布魯諾這時一度推翻這項前提。

「我聽說他們至今從來沒有利用過像信件這樣的媒體與《聯邦政府》聯絡。對不對，諾艾爾？」

「……是的。他們是藉由簡單來講就像電機工程學中所謂的『訊號』，並使用我們也能理解的語言，將訊息傳送到電子儀器。然而那個程式內容卻怎麼也無法解析。」

雖然這讓人聽得有點頭痛，但反正意思就是來自《未踏聖境》的通訊沒有辦法從紀錄回溯究竟從哪裡送來的是吧。這麼說來之前好像也提過這樣的事，總之這代表《未踏聖境》的居民們似乎擁有我們未知的技術能力。

「也就是說，寄那封信來的果然是完全無關的第三者呀。」

希耶絲塔或許從一開始就認為這項可能性很高，而感到理解似地點點頭。

「沒錯，不過盯上我的敵人究竟是何方神聖都不重要。即便《大災禍》結束之後，我們至今也沒有鬆懈過絲毫的警戒心，正義之火也從未熄滅。不管將有怎麼樣的巨大邪惡來臨，我們都會正面迎擊。」

布魯諾說著，眺望雄偉的河流。有幾隻野鳥飛在水面上。

「看來要下雨了。」

希耶絲塔沒有抬頭仰望天色卻說出這樣一句話。

「下雨？雲層看起來並不厚啊。」

「你看鳥不是貼著水面在飛嗎？那是為了捕食因溼氣而翅膀沉重的蟲子。」

……原來如此。確實，至今希耶絲塔這種根據分析得出的直覺大致上都很準。既然快要下雨了，或許我們提早結束這趟航行之旅會比較好。

「而且更重要的是，我的舊傷隱隱作痛呀。」

希耶絲塔說著，用手壓住自己的左胸。

就在我把目光看向她那動作的下個瞬間……

雨還沒下，「那傢伙」就從天而降了。

『——為何　無法理解　我們的　要求』

在我們頭頂上幾公尺處的桅杆。

一名神祕人物站立在那個幾乎沒有踏腳處的地方，臉上戴著模仿烏鴉的面具。

「君彥，那是……」

「……嗯，要下來了。」

我大致猜出那傢伙的身分，和渚一起往後退下。

『聯邦政府　調律者　快回答』

披著紅色斗篷的那傢伙把脖子扭轉九十度，用機械似的聲音對我們如此說道。

看來有辦法溝通對話的樣子。

「你是誰？」

希耶絲塔把滑膛槍舉向那傢伙。她的態度中沒有焦急或動搖，只是跟從前一樣，扮演自己此刻應該扮演的角色。然而有個人物將手伸到那樣的希耶絲塔面前，要她暫時放鬆態度——是布魯諾。

「你就是來自那個《未踏聖境（Another Eden）》的使者嗎？」

布魯諾極為冷靜地詢問臉戴烏鴉面具的人物。

『你們的　稱呼方式　沒有意義』

這回答聽起來感覺是在默認布魯諾的問題。接著……

『我們　只是　希望得到　世界的祕密』

來自未知世界的那名使者刻意使用我們能夠理解的語言，試圖交涉。世界的祕密——那就是他們要求《聯邦政府》交出來的東西吧……可是……

「只是這樣說，我們還不能理解。」

諾艾爾往前踏出一步，回應烏鴉面具。

「《聯邦政府》並不是要全面拒絕你們的意思。只是你們所謂『世界的祕密』究竟是指什麼東西，我們並不知道。」

所以根本無從交涉——諾艾爾如此主張。

『為何』

結果烏鴉面具再度把脖子彎向另一個方向。

『為何　不知道　為何　忘記了』

緊接著，如破音般令人不舒服的聲音忽然竄入耳朵深處。我忍不住塞起耳朵，然後把緊閉的眼皮睜開，發現大量的魚和鳥漂浮在小船周圍的水面上。

「——！諾艾爾，快退下！」

希耶絲塔挺身到前方，把槍口舉向站在桅杆上的烏鴉面具。

「你說『忘記』是什麼意思？難道不是從一開始就不曉得嗎？」

『妳開槍　試試看』

這句挑釁讓希耶絲塔霎時皺起眉頭，但她還是扣下了扳機。子彈速度快得看不見，然而卻在快要擊中敵人的地方停下來——忽然消失。簡直有如被吸進什麼次元裂縫之中。

『交涉　中止』

聖境使者如機械般這麼表示後，準備離去。

「等等。」

希耶絲塔再度語氣鋒利地叫住對方。

不知不覺間，天空開始一滴又一滴地下起雨來。

「你回去告訴你的同伴們。照現在這樣下去，你們的要求永遠無法實現。首先把你們的最終目標想清楚，然後用我們也能理解的方式告訴我們。」

她已經沒有舉著槍。

然而這位偵探面對未知的敵人，說出了比任何武器都要凶猛而激烈的話語：

「現在雙方都還沒站上交戰擂臺，也還沒坐到交涉桌上。但如果你們單方面試圖傷害這個世界或我們的同伴，我就不管什麼不侵犯的規矩，管你是聖境還是地獄我都會衝去跟你們交戰──絕對。」

烏鴉面具聽著那樣的宣告，用那對又大又黑的空虛雙眼注視著希耶絲塔。然而那張大嘴喙卻沒再發出任何話語了。

◆無知之王

我和偵探之間有一項從以前就延續下來的習慣。那就是只要解決了一樁事件，就要享用一頓下午茶或美味晚餐犒賞自己。同時在用餐的對話中回想事件內容，反省過錯，當成下一次的課題加以學習。

不過我們現在比以前成長許多，這項儀式也稍微有所改變。原本餐後享用的紅茶與咖啡，有時候換成了葡萄酒或調酒。但不管怎樣，這對偵探與助手來說是非常重要的一項溝通交流，而現在我們也來到了一間酒吧餐廳。不過……

「唉，到頭來，那個烏鴉面具人究竟是來幹什麼的呀？」

渚把啤酒杯放到桌上，如此嘆息。

大約兩個小時前，現身於小型渡輪上的《未踏聖境》（Another Eden）使者。那傢伙後來很快就消失離開，被留在船上的我們也什麼都做不了，只好解散。就這樣，我、渚與希耶絲塔三個人雖然沒有解決事件，但還是為了發洩這股鬱悶的心情而來到這間酒吧。然後在喝著酒的人不是只有渚和我……

「雖然有人說哈密瓜是蔬菜，但我認為應該是水果。以前有位出名的評論家說過，淋上美乃滋好吃的就是蔬菜，不好吃的就是水果。我也嘗試過把美乃滋淋到哈密瓜上吃吃看，結果超級好吃的。所以哈密瓜終究還是蔬菜喔？」

白髮偵探希耶絲塔拿著裝有紅酒的酒杯，說著這樣支離破碎的發言。她的膚色紅潤，眼神恍惚，情緒不出所料地變得比平常稍微亢奮一些。

由於希耶絲塔只要喝了酒大致上都會變成這樣，所以我平常總是會對她發出禁酒令……但她卻趁著我和渚不注意的一瞬間喝了紅酒，等我們發現時就是這副德行了。

「喂，助手，你有沒有在聽？」

希耶絲塔嘟著嘴向我糾纏過來。

「有啦，妳在講妳喜歡的水果排行榜對吧？快告訴我前三名啦。」

我隨便敷衍醉鬼，並喝個水。要是攝取太多酒精，總覺得連我都會幹出什麼多餘的行為。

「……你好隨便喔。怎麼？跟我喝不開心嗎？」

結果希耶絲塔又露出更不開心的表情瞪向我。

「你從剛才就一臉無趣。不管我講什麼都一直是那個樣子。」

唉，以前希耶絲塔喝醉的時候，就算我像剛才那樣打發，她也會笑哈哈的說。

看來她的酒量有稍微變強一點的樣子。我本來認為自己沒有把態度表現得那麼明顯，但似乎還是被她看出來了。

「剛才在渡輪上。」

我把杯子放到桌上，從希耶絲塔身上移開視線問她：

「妳最後為什麼要對敵人講那種話？」

「……你在說什麼？我記不太清楚了。」

既然會刻意裝傻，就證明她記得非常清楚。

希耶絲塔對那個烏鴉面具宣告，為了守護世界或同伴，她甚至不惜打破不侵犯的規矩也會闖入聖境跟他們交戰。而現在依然在我心中瀰漫的不滿情緒，最大的原因就是她那段發言。

「只要明天的《聖還之儀》結束，希耶絲塔和渚都會從《調律者》畢業了。沒有必要繼續跟《未踏聖境（Another Eden）》扯上關係。」

「那個《聖還之儀》能否順利結束也還不確定吧？只要烏鴉面具那幫人企圖

引發的《未知危機》沒有解決，我就會繼續戰鬥下去——你對這點到底有什麼不滿？」

希耶絲塔把礦泉水一口喝光並這麼表示。

杯中的冰塊發出清脆的聲響。希耶絲塔也應該已經恢復冷靜了才對。

「那種事要由妳來做的意義是什麼？」

「因為我是《名偵探》。」

「嚴格上來講現在也只是代理而已吧？」

「就算只是普通的偵探我也會做。」

「嘖！為什麼妳要做到那樣？」

簡短話語的來往。兩人都已經酒醒了，但沸騰的情緒沒有冷卻下來。

「因為你們也為了我這麼做過。」

希耶絲塔碧藍的眼眸看著我。

但她很快又把視線別開，繼續說道：

「你們以前也是，不惜賭上自己的性命拯救了我。所以我只是做同樣的事情而已。」

她的意思是說，這和任務或使命沒有關係。

「假如對我來說重要的存在受到傷害，到時候我會再度全力奮戰。然後守護你們。」

希耶絲塔說到這裡，閉上嘴巴。

我們之間的沉默，被酒吧餐廳內靜謐的背景音樂以及其他客人的講話聲掩蓋。

好久沒有像這樣跟希耶絲塔起爭執了。

「好了，到此為止。」

最後完全打破這片寂靜的，是渚。

她「啪！」地拍了一下手，緩和緊繃的氣氛。

「然後順便，嘿！」

「砰！」地沉重聲音響起。

是渚朝我和希耶絲塔的腦袋各賞了一記拳頭。

「痛死了！渚，妳這……！」

「……好痛，好過分，為什麼？」

渚即使看到我和希耶絲塔抗議的眼神也沒有屈服，深深嘆了一口氣。

「兩人份算在一起，加倍殺。怎樣？稍微冷靜一點了嗎？」

……如果目的只是讓我們冷靜，總覺得一開始的拍手就很夠了啊。唉……

「抱歉，我好像喝太多了。」

拜託就當作是酒精的錯吧——我首先對渚這麼道歉。

「我也對不起喔，渚。這次就當作是助手的錯吧。」

怎麼會有這麼惡劣的女人。我半瞇眼睛瞪向希耶絲塔，她卻一臉不悅地把頭別開。

看著這樣的我們，渚又「唉，真是的。」地嘆了一口氣。然後……

「不過，你們兩人到頭來糾結的還是這點呀。」

她仰望天花板，如此呢喃。

「嗯，希耶絲塔，我們回飯店去吧。妳站得起來嗎？」

渚接著扶起希耶絲塔，準備離開。

「妳想要把我一個人丟下來？」

「就算你們繼續這樣面對面，也只會再度吵架不是嗎？現在雙方暫時保持一下距離比較好。」

而且——渚又補充說道：

「君彥接下來還有一份工作要做吧？」

……哦哦，對了。那是希耶絲塔拜託我的工作。於是我思考起接下來的事情，並獨自換坐到吧檯的位子。

「那麼渚，希耶絲塔就拜託妳了。」

我這麼表示後，背對著我的希耶絲塔雖然一瞬間做出反應，但依然沒有轉過頭，就這麼跟渚回去了。

「白日夢的那個樣子，連我也是第一次見到。」

不知究竟是從什麼時候就坐在那裡觀察我們了，和剛才一樣穿著西裝的老人在離我三張椅子的吧檯座位喝著威士忌。

布魯諾・貝爾蒙多——正是我在等待的人物。

「我比約定的時間稍微早到了一點，所以就看著你們那場愉快的晚宴當成配酒小菜了。」

他瞇起眼睛露出微笑。我之所以獨自留下來，就是因為有些事情必須和他稍微再談談。但我沒想到居然會被他一直看著。

「抱歉啦，讓你看到一場奇怪的內訌。」

「不會不會。像那樣把感情表現出來的她確實讓人感到新鮮，不過那也是因為跟無法蒙混隱瞞的對象真心對話的緣故吧。那並不是一件壞事。」

布魯諾說著，把酒杯放到吧檯上。不知不覺間，店內的其他客人都不見了，背景只剩下旋律令人舒適的爵士樂。

「好啦，那麼你也差不多該告訴我你把我叫來這裡的理由了。你說想做一場祕密會談是吧。」

他將威士忌一飲而盡後，把目光望向相隔幾張座位的我。

「沒錯，布魯諾，你為什麼要如此執著於和《未知危機》的戰鬥？」

到頭來，這項提問也成為了剛才我和希耶絲塔起口角的原因。

而如今又對布魯諾提出同樣的問題，感覺也是很奇怪的事情。然而向他問出這個答案就是我……身為助手的工作。

「為何如今要在這裡提出那個問題？」

「因為我想說如果諾艾爾在場，你可能有些話不太好講。」

正因為是家人，正因為是可以信賴的對象，所以有些話無法輕易講出口。

至少像我就是這樣。

「這是身為《調律者》，身為正義使者理所當然的使命——這樣的回答你無法接受嗎？」

「沒錯，我並不是想要知道你的個人資料。」

不能夠只因為知道對方的身分、頭銜或經歷就以為自己完全理解那個人物——我在最近的工作中才剛學習過這項教訓。

「——很久很久以前，我在旅行。」

結果布魯諾或許被我說服成功了，把臉朝著正面娓娓道來。

「那是我還年輕的時代，做為一名新聞工作者希望多理解這個世界而踏上的流浪之旅。在那旅途中，我喜歡上某個國家的文化，而在那裡居住了很長一段歲月。」

這是至今活了一百多年、博學多聞的情報屋過去的一段人生。我閉上嘴巴，靜靜聆聽。

據布魯諾形容，那地方雖然是個小國，但擁有豐富的能源，經濟上也相當富足。

「然而那樣的富饒，對侵略者來說也是絕佳的誘餌。後來周邊的軍事強國陸陸續續逼迫那個小國簽定各種不平等條約。而小國之王為了守護自己的人民，不得已下只好接受了對方提出的所有條件。」

據說布魯諾當時很反對小國那樣的方針。然而當年只是區區一名新聞工作者，又只是個旅行者的他，當然沒有什麼改變國家的力量。

「然而一反我的預想，那個小國的和平被守護下來了。雖然確實變得沒有從前那樣富饒，但至少人民都沒有受到戰火波及。王的英明決斷保護了國家。」

我也因此感到慚愧——布魯諾這麼呢喃。

他接著表示，簡簡單單地把國家的富庶與人民的性命放到天平上衡量是不對的。而那個小國之王就這樣受到人民愛戴，在幸福之中走完了人生。

「你在講的究竟是哪個國家？」

聽完這樣圓滿的故事結局，讓我不禁在意起它的後日談。

「沒有名字。」

但布魯諾卻直白說道。

「那國家的名字如今已不存在於這個世界上。那位國王過世十五年後，經濟崩壞的小國遭到當時的同盟國家割據，從地圖上消失了。」

照布魯諾的年齡來想，那恐怕是將近百年前的事情。就常識判斷，現在世界上除了他以外，應該沒有其他能夠根據親身經歷描述這段歷史的人物了。這是唯有布魯諾能夠講述的真實故事。

「偉大的國王，在什麼也不知情中安然死去。受到人民愛戴，連自己犯下的罪過也不曉得，就離開了人世。」

布魯諾彷彿在回憶久遠的往事般，瞇起眼睛。而我還想不出來有什麼話語能夠回應他這段話。

「這並不是說我們一定要拿起武器戰鬥才行的意思，只是我們必須不懈不怠地摸索出真正守護這個世界的方法。」

我不知道自己該說什麼。但就算是我也能理解，唯有布魯諾的這項哲學是沒有錯的。

「然後現在，既然世界將要再度面臨轉捩點，我們就必須保有自己的意志。在此次的《聖還之儀》上，我們要展現出自己守護世界的決心才行。無論《未知危機》企圖如何妨礙也一樣。」

這就是布魯諾・貝爾蒙多的決心。跟他的頭銜或個人資料無關，是他至今活過來的歷史所凝聚出來的確切意志。

「因此少年，比起這個老骨頭，我希望你多多關照諾艾爾。比起這風燭殘年的人生，可以拜託你守護前途無量的年輕人嗎？」

布魯諾對我如此委託。我不是偵探，但也是個人。

做為一個人，我不能不聽他這項心願——但是……

「難道就不能一起拯救你和諾艾爾嗎？」

我很傲慢地提出了這樣的意見。

因為我認為假如我的搭檔此刻也在現場，肯定會這麼說才對。

「你說得對，《聖還之儀》必須舉行。我和偵探都保證它能順利舉辦。因此明天的事情就交給我們，你則是到安全的場所避難。這樣不行嗎？」

我說著，從包包拿出一項東西。

「這本《原典》，我絕對會帶到《聖還之儀》的現場。」

「……原來如此，巫女託付給你了。」

能夠看穿一切未來的《巫女》米亞·惠特洛克，將這本書交給了我，將掌控明日命運的韁繩握到我手中。

「不過《巫女》早已失去能力。這世界上不存在真正能夠預言未來的人物。」

但布魯諾卻依舊不改心意，搖頭拒絕。

「你認為那樣不安定的未來能夠實現我們所期望的明日嗎？」

「但你即使不知道未來，也知道世界的一切吧？」

我這麼說後，現場一瞬間沉默。然而一瞬間，就只是短短的一瞬間。

「對，沒錯。我知道，知道一切。但也只是知道而已。並不表示我一定能得出正確答案，有時候甚至可能得出錯誤的答案。」

布魯諾冷靜分析自己的立場與能力。只是知道一切，只是湊齊資料，有時候依然無法自己一個人得出解答。

在我的狀況來說——當遇到那種時候，我身邊一直都有能夠為我指引出正確路徑的存在。如果回溯到久遠的過去，當時自稱是我師父的男人就是那樣的人物。之後換成希耶絲塔。當希耶絲塔不在的時候又換成了渚。如今有許許多多的同伴們，可以跟我一同尋找答案。

然而布魯諾的狀況則是——應該知道一切的他，如果在什麼答案上出了錯誤。如果那樣的一天真的到來，到時候……

「假如我有一天得出了錯誤的答案，想必同樣會有糾正我的存在出現。這個世界就是如此調律的。」

布魯諾將剩下的威士忌都喝完，並如此表示。

「糾正世界之智的存在——真的會有那樣的存在誕生？」

「沒錯，你認為那樣的存在應該怎麼稱呼？」

對於他這問題，我沒辦法立刻想出一個妙趣的回答。

結果布魯諾愉快地笑著，站起身子。

「哈哈，我不可能知道答案吧。畢竟那是超越了我的存在啊。」

他就這麼拄著拐杖，獨自離去。

酒會將我們恢復為人。

偵探或賢者，少女或老翁，全都一樣。

等到大家都離開，我也準備回飯店而起身的時候，我放在吧檯上的手機忽然點亮螢幕。是通訊軟體的通知——渚寄訊息來了。

『等你回來後要不要談一談？』

我拿起手機準備回訊。但就在這時，一通未顯示號碼的來電響起。

「巧合同時來啊。」

要回覆渚的訊息，還是要接起電話？

我思索了一下後——

◆就算正義滅亡

從接送車輛下來後，我來到的是一座神殿，或者說像遺跡的地方。頂上沒有天花板，讓皎潔月光照入室內的那座建築物中，到處有藤蔓植物攀附。雖然牆壁和柱子各處崩塌，但依然能看出原本應該是個莊嚴的空間。

從傍晚下起的雨，不知不覺間已經停止。

室內除了月光之外，地面還有設置最起碼的照明設備，因此即便是夜晚也依然視野良好。我可以清楚看到應該是把我叫來見面的人物就站在那裡。

「好久不見啦，史蒂芬。」

還是老樣子穿著一件白衣的他，背對著我忙碌地動著雙手。

「雖然是我把你叫來，但很抱歉，再稍微等我一下。」

如此表示的史蒂芬面前擺了一臺小螢幕。畫面上顯示的是——蠢動的紅色內臟，在鼓動的心臟。隨後，一隻握著手術刀的手映入畫面。但那不是人的手，是機械手臂。

「遠距操作手術、嗎？」

似乎在幾年前實用化的這項技術，可以讓主刀醫師即使不在現場，也能透過機器人做手術。

但據說如果是像心臟手術或活體肝臟移植之類，需要高超技術與精密操作的手術，有辦法透過遠距操作手術的醫生就非常有限。例如這位身為前《發明家》而且擁有神之手的醫師——史蒂芬・布魯菲爾德就是其中之一。

「我聽說你行蹤不明啊。」

萬萬沒想到居然會在這種地方見到面。

「只要人有性命，醫師的工作就不會結束。此時此刻在世界的角落，尋求拯救殘燭之命的叫喚聲不曾停息。」

史蒂芬背對著我這麼說道。

月夜中的外科手術。他的手部動作與螢幕中顯示的機械手臂完全同步。

「至今世界上依然有很多地區殘留著紛爭戰事所埋下的地雷。即便在那樣難以踏足的地方，這項遠距手術也能派上用場。」

沒錯。就算《世界危機》已經從這個地球上消失，舉例來說像紛爭戰亂也沒有完全結束，過去發生的災禍也還沒有完全善後。

而史蒂芬現在即使不再是《調律者》的身分，依然做為一名醫生繼續行動著。

這或許就跟已經不是《名偵探》的希耶絲塔想要繼續當個民間偵探是一樣的。

「久等了。」

不久後，史蒂芬關閉螢幕的電源，轉朝我的方向。

我還想說他手術怎麼做得這麼快，但看來他只負責唯有他能夠操刀的部分，之後的步驟就交給當地的醫生了。像這樣追求效率，以期拯救更多的患者。這就是我以前也聽說過，他做為一名醫師的哲學。

「多虧有你，渚和希耶絲塔現在都過得很健康。讓我再度跟你致謝。」

我有大約一年沒像這樣跟史蒂芬面對面交談了。

好幾度拯救了兩名偵探性命的這位前《發明家》，在一年前讓希耶絲塔甦醒的時候也有參與其中。

「不，我什麼都沒做。」

史蒂芬仰望著夜空，表示否定。

他的表情看起來並不是在謙虛。

「那麼，史蒂芬，你剛才說的事情是真的嗎？」

在與布魯諾談話的那間酒吧，我接到一通電話。

而我按照電話中的指示坐上接送車輛，來到了這裡。

「如果真的有，就告訴我吧——所謂防堵《未知危機》的方法。」

我並沒有馬上相信那句話。但是不仔細問個清楚應該也有我不曉得的事情，因此我才決定回應他的邀約了。

「沒錯，那是真的。我們一直以來就是在摸索那個方法。」

——我們？難道還有其他人嗎？我忍不住把視線望向周圍，結果忽然看見一道刺眼的光芒。也許是設置在地面上的照明設備提升了亮度。而那道光線照出了史蒂芬背後的巨大物體。

「砲臺？」

那有如一座只能供人瞻仰的紀念碑，仔細觀察可以發現表面爬滿藤蔓。不過伸向天空長長的鐵管果然看起來還是像個大砲。

「這是如今已派不上用場的古代遺產。」

史蒂芬同樣望著那座砲如此說道。

「那砲口瞄準的，究竟是什麼目標呢？」

我這時注意到，在那座兵器近處浮現了兩個人影。不，何止是近處，其中一個人甚至盤腿坐在那巨大的砲臺上。

「那是……」

那傢伙身穿一件皮外套，頭部被一頂機械式的面罩包覆著。朝向我的臉部有神祕的綠色光芒在閃爍。我知道這個人物。第一次見到他是在十年前——全美上映後轉眼間就爆紅的某部電影中。

——前《調律者》全罩。職位是《名演員》。

一名頭戴機車安全帽的男子有一天獲得超乎常人的力量，並與邪惡組織交戰的動作片電影「全罩」系列。擔綱主演的這個男人令人驚訝的是，他在現實世界中同樣扮演著英雄的角色。和電影情節一樣發揮真正超越常人的力量，據說徒手空拳就擊敗了許許多多的《世界之敵》。

另外一位站在史蒂芬身旁的人，是一名穿著開衩連身裙的高䠷女性。臉上蓋著面紗，看不到真正的長相。然而她全身散發出不知該說靈氣還是氣場的東西，即使相隔一段距離也如電流般傳來。

——前《調律者》妖華姬。職位是《革命家》。

據說只靠著美貌當武器就能毀滅一個國家的傾國美女。前任《革命家》佛列茲·史都華喪命後，接任了這項職位的妖華姬，透過活躍的表現，或者應該說暗中的行動，不知毀滅了多少國家。然而以絕世美女著稱的她，尊容卻總是藏在面紗底下，一般人絕無機會拜見。

「史蒂芬，你是說你湊齊了這些成員，探找防堵《未知危機》的方法嗎？」

一時無法相信的我將疑問脫口說出。無論全罩也好，妖華姬也好，都是基本上喜歡單獨行動而鮮少像這樣出現在人前的人物……而且……

「既然聚集了這麼多前《調律者》，布魯諾應該也有跟你有過接觸吧？邀請你們一同防堵《未知危機》。」

「沒錯，但我拒絕了。」

史蒂芬非常乾脆地如此表示，接著……

「《情報屋》確實也和我們抱有同樣的目標，但他太過不懂得妥協了。只要為了正義，他甚至抱著不惜此刻讓自己化為灰燼的覺悟。我判斷那樣的正義非常危險。」

君塚君彥——史蒂芬叫了我的名字。

「你也抱著同樣的想法不是嗎？」

才沒那種事——我本來想立刻如此否定。

然而，我被他完全看穿了。

在酒吧聽完布魯諾的過去，知道了他心中不予妥協的正義，我認為那樣的哲學絕對沒有錯。但同時，我也希望那不是正確的答案。布魯諾那樣過度完美的正義思考，讓我感到很害怕。

因為我的搭檔就跟他一樣，抱著不惜犧牲自我的想法。

「我們感受到完美正義的危險之處，因此透過和《情報屋》不同的方式摸索讓新的和平實現的辦法。其中最重要的，就是找出一個妥協點。讓正義與邪惡，秩序與混亂取得一個平衡。」

這是秉持合理主義的史蒂芬特有的思考方式。他做為一名醫生，對於沒有獲救可能的患者就完全不會花時間治療。這是為了最終來看能夠拯救最多數量的性命。

「那個方法是什麼？要怎麼做才能讓誰都不受到傷害就結束《未知危機》？」

我如此詢問史蒂芬的同時，重新體認一件事。

沒錯，其實我一直以來就是在尋找這樣的方法。

就像諾艾爾防堵《未知危機》的同時也希望布魯諾能夠平安無事一樣。我同樣是明知《未知危機》將要發生，但內心其實希望希耶絲塔和渚不要回去當《名偵探》。

自從一年前《大災禍》結束之後，我的心願就只有一個。希望兩位偵探能夠過著安穩而幸福的日子，僅此而已。

「這就是保護世界唯一的方法。」

史蒂芬如此告知的同時，又出現了另一個人影。

『——我們的　要求　只有一項』

是剛才在渡輪上遇到的那位烏鴉面具人。

那傢伙赤紅的斗篷隨風擺盪，空洞的雙眼注視著我。

「我們獨自和《未踏聖境（Another Eden）》的使者做了交易。當然，《聯邦政府》並沒有參與其中。」

「……交易？那要求到底是什麼？」

《未踏聖境》的那幫人原本應該是想跟《聯邦政府》締結某種條約才對。難道史蒂芬他們向對方提出了什麼可以替代的方案嗎？

「**就是你現在藏在衣服裡的那本《原典》**。只要將那東西交給《未踏聖境》，這場危機就會結束。」

史蒂芬伸手指向我，用眼鏡底下的那對慧眼看過來。

原來如此。他就是知道我持有這東西，才把我叫出來的。

「可是，為什麼要《原典》？他們想要得到這東西的意義是什麼？」

「據傳《原典》只要讓適切的人物持有就會發揮特別的能力。而《未踏聖境》的使者們似乎在擔心那樣的能力會以對他們不利的形式被行使。」

「起初他們對《聯邦政府》提出的要求應該不是交出《原典》才對。為何事到如今會忽然改變條件？」

像今天在渡輪上，那個烏鴉面具也說過希望得到什麼「世界的祕密」。難道那其實就是指《原典》嗎……我認為應該不是這樣。

「這就是我們溝通之後找出的妥協點。他們約定好只要得到《原典》，就不會對這個世界造成危害。」

我一時還難以相信這樣的話。

那全都只是口頭約定，無法保證對方一定會遵守。況且……

「要是把這本《原典》交出去，明天的《聖還之儀》就無法舉行了。那樣一來，我最重要的目的也無法實現。」

對，《聖還之儀》如果沒有舉行，就代表我和諾艾爾之間的約定……也就是讓希耶絲塔和渚從《調律者》畢業的心願無法實現。

我所期望的終究是在防堵《未知危機》的前提下，也要守護兩位偵探今後的和平生活。

「不，《聖還之儀》依然能夠按照預定舉行。只要使用這個就可以了。」

史蒂芬說著，從包包中拿出一本書。

「第二本《原典》……？」

不，不對。雖然非常相似，但那恐怕是贗品。

「就算是《發明家》（你）做出來的仿製品，有辦法騙得過米亞嗎？」

「不需要騙過巫女本人。只要能夠暫時騙過其他眾人就行了。」

你仔細想想看——史蒂芬如此說著。

「米亞．惠特洛克想必是抱著明確的意志將那本書託付給你的。那也就是說，她對於你做出的選擇既不會肯定也不會否定。」

「……意思說，米亞就算發現這是贗品也會接受？」

「對，她應該很清楚，那就是她做為《巫女》的最後一項工作。」

我聽到這邊，腦中開始尋找理由——足以拒絕史蒂芬這項提案的合理性理由。

假如把這本書交給他們會如何？我思考著可能因此發生的威脅或風險。那樣的風險，足以構成拒絕他們要求的理由嗎？——我思索著。想了又想。最後腦中閃過從前的一幕景象。

『——我好想再跟你一起享用紅茶。』

那是偵探曾經說出口的一句話。那就是她的「想要活下去」。

「這麼說來，最近好像都沒喝茶啊。」

我不經意想起今天希耶絲塔看起來莫名寂寞的表情。

等這次事件處理完後，三個人再去喝個久違的下午茶好了。

「沙」的腳步聲響起。我回過神發現，烏鴉面具正走向我面前。

「你們就那麼想要得到這東西嗎？」

我握著《原典》的右手臂頓時用力起來。無論怎麼思考，現在的我都想不出任何理由足以拒絕史蒂芬的提案。

「就算有誰說這只是將就的正義。」

如果這麼做能夠同時保護這個世界和那兩人……

『交涉　成立』

命運的分歧點離開了我手中。

在月光下的神殿，我選擇了一個未來。

【Side Noel】

時鐘的針快要指向最高處時，我敲了敲宅邸客房的門，便從房內傳來熟悉的「請進」聲音。

「打擾了。」

我打開房門，看見客人——布魯諾・貝爾蒙多的身影。爺爺大人這次做為《聖還之儀》的招待來賓，寄宿在我的住家……《聯邦政府》管理的一棟宅邸。

以前我們雖然身為家人住在一起，但現在卻是主人與客人的關係。我雖然從中感受到某種難以言喻的感情，但還是輕輕為自己的心蓋上了蓋子。

「您回來得可真晚呢。」

正好把外套掛到衣架上的爺爺大人身上飄來淡淡的酒精味。品嘗美酒是爺爺大人的眾多興趣之一。

「是啊，我跟朋友稍微小酌了幾杯。是場愉快的聚會。」

爺爺大人如此簡潔一句話就結束了說明。

沒有告訴我究竟和誰見面，談了些什麼。

一直以來都是這樣。從以前開始，爺爺大人就不太會講關於自己的事情。

這是由於他站在《情報屋》的立場嗎？還是因為——

「爺爺大人，那是……」

我對不經意映入眼簾的東西感到在意。在爺爺大人身旁的桌子上，有一個喝到一半的水杯，以及看起來像裝藥的小袋子。

「哦哦，這是降血壓的藥。妳不用在意。」

「爺爺大人？請問您真的可以喝酒嗎？」

「……拜託妳別告訴醫生。」

爺爺大人一臉尷尬地舉起手掌擺出要求別做的姿勢。

總覺得我好像很久沒有見到他這樣俏皮的動作了。

「然後，妳找我有事嗎？」

爺爺大人對依然站在房門口的我如此詢問。

「是關於明天典禮的事情？如果是，那我依然……」

「不，我明白。爺爺大人是不會中途拋棄使命的。」

即便自己的生命將遭遇危險，他依然會把守護世界安定放在優先考量。這就是《情報屋》布魯諾·貝爾蒙多的人生態度，而我比誰都清楚這點。

「抱歉，給妳添麻煩了。」

爺爺大人說著，對我輕輕微笑。

「不，哪有什麼麻煩。」

我們是家人呀——我準備接著這麼說，才發現自己沒有講這句話的資格了。

兩人間陷入沉默。其實我還有很多事情想問，卻臨時說不出口。爺爺大人見到我這樣子，便要我坐到一旁的椅子上。

「……爺爺大人什麼事情都知道。」

我接著講出口的，是這樣理所當然的事實。

「政治的事情，經濟的事情，文化的事情，藝術的事情，有時候甚至連《巫女》看不到的未來也知道。」

然後恐怕連我和《聯邦政府》都不知道事情也是。所以……

「其實您已經知道明天會發生什麼事情了吧？」

我低頭望著自己的手，接連詢問。

「是這樣對不對？既然是全知的《情報屋》，也會知道明日世界的走向。不只如此，爺爺大人就連活在世界上的我們這些人的事情也是……」

「諾艾爾。」

我聽見呼喚自己名字的聲音而抬起頭，看到爺爺大人柔和微笑的表情。接著，他輕輕把食指豎在嘴前。

我變得什麼也說不出來，只能僵著身體不動。爺爺大人則是在稍遠處的桌前坐下來，讓幽暗的橘色燈光在他臉上映出影子。

「我旅行了百年。」

不久後，爺爺大人一邊拿布擦起自己愛用的拐杖，一邊娓娓道來。

「在郊區酒館聽聞的街坊謠言，我實際在世界盡頭的沙漠與雪山親身體驗過。我發現了被水淹沒的古代都市遺跡，卻發現在某本暢銷小說中早有描述過完全一模一樣的都市。五十年前我在叢林深處發現的幾種未知生物，如今也刊登在小學生閱讀的圖鑑上。」

知識是一種點——爺爺大人表示。

「點與點在百年之間連成線，化為了這個世界的常識。」

這就是布魯諾·貝爾蒙多做為《情報屋》的人生哲學，也是做為《調律者》與世界的交流方式。在我被貝爾蒙多家收養的更久更久之前，爺爺大人就在這個地球上到處旅行，蓄積知識，並持續在適當的機會還原世界。

「我知道，知道一切——然而那終究只限定於這個世界容許我知道的範圍而已。」

這是一段出乎我預料的否定。

爺爺大人什麼都知道，知道一切。可是……
「人的知識，絕對無法超出世界所制定的領域。」
爺爺大人領悟了自己的知識有其界限。
「意思說即便是《情報屋》也有不知道的事情嗎？」
我如此詢問時，爺爺大人不知遙望著遠方何處。
窗外，夜幕，逝去的過往。
那恐怕是我無從知曉的景象。
「我曾經抵達某個禁忌區域，面臨一項選擇：要知道『世界』，還是知道除此之外的一切。而我選擇了後者。」
這段話聽起來很抽象。不過假如要相信這段話，表示爺爺大人曾經選擇要知道世界之外的一切。這反過來說，就是他放棄了知道世界。
爺爺大人所說的『世界』究竟是——
「好像講得有點太多了。酒果然應該適量喝就好啊。」
他面露苦笑，準備結束這個話題。到頭來，爺爺大人還是沒有回答我最開始的問題。也就是他是否知道明天的典禮會發生什麼事情。
不過對於我這項提問，爺爺大人說出了剛才這段話——布魯諾・貝爾蒙多其實並非知道世界上的所有事情。

那麼他這樣說的意圖是什麼？假如換成名偵探又會得出什麼樣的答案？我忍不住緊握起手機。

「好啦，差不多是乖孩子該睡覺的時間了。」

爺爺大人說著，站起來輕輕撫摸我的頭。

「……真是的，我已經不是小孩子了呀。」

他偏偏就在這樣的時候……不，應該說是一如往常地，把我當小孩子看待。

然而對這種事情到底感到不甘心還是覺得開心，連我自己都不知道，只能乖乖接受爺爺大人那張大手掌。

當我感冒發燒時放到額頭上的冰涼毛巾。照下了世界各地風景的相機底片。小時候在車潮洶湧的大馬路上牽住我的溫暖手心。我回想著昔日與爺爺大人的一幕幕景象，緊緊閉起眼睛。

「非常抱歉，在您疲憊時打擾您了。」

我從椅子上起身，對爺爺大人鞠躬後，轉身準備離去。

「諾艾爾。」

就在我的手放到門把上時，爺爺大人叫住了我。

「照妳心中的想法去行動吧。我們都是有血有肉的人啊。」

我對他這句話想不出一個好的回應，最後只說一句「晚安」便關上了房門。

【第三章】

◆這班列車的目的地

隔天早上，我在飯店床上睜開眼睛，發現房間裡只有我一個人。

「……出去了啊。」

兩張空空無人的床。昨晚應該還有希耶絲塔和渚睡在上面。

昨天的晚上。和史蒂芬那群人談話的結果，我將《原典》交給了《未踏聖境（Another Eden）》的使者。後來回到飯店時，希耶絲塔和渚都早已就寢。不過只有渚似乎注意到我回來的聲音，而起來問我和布魯諾的談話結果。

我將自己終究沒能說服布魯諾婉拒出席典禮的事情告訴她後，猶豫了一下該不該把後來跟史蒂芬見過面的事情也一併告知……但我莫名感到忌憚，而沒能講出口。然後我就放著似乎還有什麼話想說的渚，窩進了自己床上。

「會不會有那兩人其實沒那麼生氣的可能性？」

……不可能吧。我跟希耶絲塔昨晚在酒吧爭執之後就沒再講過話，而渚看起來好像有話想跟我說，我最後卻沒聽她想講什麼。因此與其一大早就見面尷尬，或許我該慶幸那兩人已經出門了。

「不對，還是早點去見她們吧。」

去告訴她們已經沒事了。今天的事情已經沒有什麼好擔心的了。

於是我為了換衣服出門找她們，從床上起身。結果就在這時……

「那兩位偵探大人只是去換裝打扮而已喔。」

我回頭一看，發現是一名少女——諾艾爾・德・祿普懷茲站在那裡。她身上穿的不是那套哥德蘿莉裝扮，而是一套正常的高貴禮服。

「妳沒有穿《聯邦政府》的服裝啊。」

「是的，因為我今天的工作是典禮運作以及招待各位來賓。」

原來如此，所以她來接我的嗎？

「話雖如此，但是諾艾爾，妳這可是非法入侵喔。」

「不好意思，我其實本來打算早點過來叫你起床的。」

道歉的重點完全不對啊。

「我原本想說要扮演一位貼心的妹妹，溫柔地把還在睡的哥哥叫起來的。」

這我倒是有點想體驗看看也說不定。

「呵呵，我只是開個妹妹玩笑。」

諾艾爾又說著這種話，露出微笑。

話說，她剛才是不是講希耶絲塔她們去換裝打扮什麼的？

「由於《聖還之儀》前有一場舞會，因此女性出席者們會稍微提早做準備的。」

……原來如此，是這麼回事啊。她們並非在生我的氣而跑出去的就是了。

「話說我剛才來迎接那兩位的時候，尤其希耶絲塔大人臉上帶著我從未見過的不悅表情。請問昨天發生過什麼事嗎？」

「果然還是在生氣嘛。」

唉，這下不敢去見她們了。

我不禁抱著鬱悶的心情，拖拖拉拉地準備外出。

「終於等到了這一天呢。」

結果諾艾爾似乎打算待在這裡等我的樣子，背對著我閒聊起來。

「請問你昨晚睡得好嗎？」

「坐完觀光渡輪之後，我稍微去喝了個酒。也多虧這樣讓我睡得很熟啦。」

「那真是太好了。請問你跟爺爺大人又見了一面是吧？」

「是啊，很榮幸可以和世界之智一對一地把酒言歡。」

「你是幫忙再說服了一次爺爺大人對不對？非常感謝。」

諾艾爾似乎在某種程度上知道我們談話的內容，而如此對我致謝。

然而布魯諾沒有婉拒出席典禮的結果依然沒變。這想必有違諾艾爾的心願。她從這間三十五樓的房間眺望遠處景色，而她映在窗戶上的眼眸流露出不安的神情。

「君彥大人假如得知自己在搭乘的列車上裝有炸彈，請問你還會繼續坐下去嗎？」

諾艾爾對我提出了這樣一個抽象的問題。

我一時無法理解她的用意，於是決定先問她一些事情。

「那個炸彈不知道何時會爆炸嗎？」「Yes。」

「我們是按照自己的意思在搭乘那班列車嗎？」「Yes。」

「我們是不是有什麼無論如何都要到達目的地的理由？」「Yes。」

是嗎，既然如此。

「我至今一直都搭乘在那樣的列車上啊。」

諾艾爾轉回頭，目不轉睛地等待我接下去的話語。

「而且那個炸彈的導火線，如今依然點著火。我好幾次以為已經熄滅了，以為自己熄滅它了。可是每當我回過神時，總會發現那火已經燒到快引爆——但這是沒辦法的事情。糾纏不清的代價，正是心願之大的證明。」

遭逢試煉，為代價而苦，甚至令人忍不住有種早知道那天不要許願的念頭，這些毫無疑問都證明了那之中存在強烈的情感。

「請問我們可以繼續抱著自私的心願嗎？」

「心願會成為目標，而有了目標就能行動。假如沒有目標，人就會難以從早已冷卻的溫吞安逸之中走出來。」

如今已是久遠的過去。希耶絲塔死後的那一年，我一直都沉浸在冷卻的溫吞安逸之中。直到和渚那股沸騰般的激情相遇為止。

「那麼，拿什麼東西當成代價的心願，請問不是壞事嗎？」

「或許唯有當妳成為一個認為付出什麼代價也沒關係的惡人時，妳的心願才第一次得以實現。」

以前也曾有過向我如此闡述，最後喪命的敵人。

假如有什麼不惜賭上什麼代價也想實現的心願，就繼續往前走。

所以就算這個世界可能稱之為惡，我們還是——

「謝謝你。」

諾艾爾一如往常像洋娃娃般面無表情的臉上浮現些許笑容，對我如此鞠躬。

「那麼，讓我們出發吧。我招待你到會場去。」

「好，就拜託妳了。」

換完衣服的我，提著裡面裝有重要物品的包包站起身子。

許多人物的想法錯綜交會的這場典禮，即將開幕了。

◆今夜，正義集結於此

舞會舉辦的會場，是在一棟宛如宮殿般絢爛豪華的建築物中。根據諾艾爾的說明，這裡是《聯邦政府》管轄的設施，似乎也會被拿來舉行《聯邦會議》的樣子。

會場中已經有身穿無尾禮服與宴會禮服的男男女女，享用著自助派對。當中也有印象中在電視上看過面孔的什麼政治家或財團人物。既然會受邀來到這裡，代表那些人同樣跟世界的檯面下活動有扯上關係的意思。

「我重新說明一下，今天接下來從下午五點開始會舉辦舞會，七點開始《聖還之儀》。儀式本身預定三十分鐘左右會結束，然後就是餐食晚宴了。」

諾艾爾交給我一杯迎賓飲料，並向我重新說明今天的預定行程。

一開始的舞會似乎是自由參加的餘興節目，重頭戲終究是接在後面的《聖還之儀》。

「會場雖然有設置保全系統，但無法保證這樣就能抵抗來自《未踏聖境（Another Eden）》的攻擊。假如真的發生那樣的狀況時……」

「希望《名偵探》能夠鼎力相助是吧？」

我這麼一問，諾艾爾便一臉抱歉地點點頭。

不過這就是我們當初和她以及布魯諾講好的約定，也是希耶絲塔和渚暫時取回《調律者》權限的意義所在。

「雖然這不是我能決定的事情，但如果真的發生那種狀況，希耶絲塔她們肯定會全力以赴達成使命的。」

我嘴上如此說著，但內心也期望不要變成那樣的事態……不，應該說我相信著。畢竟昨晚就是為此做好了準備。

「……感激不盡。那麼，我接下來要去做儀式的準備工作，暫時失陪了。」

諾艾爾對我恭敬行禮後，離開會場。

然後在到處已經開始交流言歡的大廳中，無事可做的我只能獨自呆呆站著。據說先去換裝打扮的渚和希耶絲塔難道還沒抵達會場嗎？我忍不住東張西望起來。

「——君彥還是老樣子，改不掉依賴學姊的個性呢。」

就在這時，從我背後傳來這樣的聲音。會用名字稱呼我的人物並不多，而且從聲音和發言我就立刻知道對方是誰了。

「妳有資格講別人嗎，米亞？」

我如此回應，結果她裝傻似地用力把臉別開。

前《調律者》也是《巫女》的米亞・惠特洛克，身穿一襲紫色的美豔禮服。相較於從前總是窩在鐘塔裡的時期，現在的她變得成熟許多。

然後我的視野中除了米亞之外，還有看到另一個人物。坐在米亞推的輪椅上，用一臉裝模作樣的表情抬頭看著我。

「——明明是莉露的寵物還那麼囂張。你只要看著主人就行了。」

前《調律者》也是《魔法少女》的莉洛蒂德，身上那件橙黃色的鮮豔禮服非常適合她開朗活潑的個性。

「好久不見，莉露。我很想念妳啊。」

「……既然想念就來跟我見面呀。」

或許因為我意外坦率的緣故，莉露用指尖搔了搔臉頰。

唉，我如果真的那樣隨隨便便就去見她，總覺得應該會惹她生氣地說。

「話說，只有妳們兩個啊？奧莉薇亞怎麼了？」

我這麼詢問米亞。

奧莉薇亞身為米亞的使者，我想應該也有出席典禮才對。

「……奧莉薇亞丟下我跑去跟人打招呼了。」

米亞露出埋怨的眼神，望向遠處的奧莉薇亞。看來她是在這個陌生場合中一個人被丟下來了。雖然很可憐，但也很可愛啊。

「我從剛才就怎麼說呢，像這樣，嘗試要跟牆壁同化，但實在很難。」

即使已經成長為大人，她的溝通障礙似乎還是沒有改善的樣子。這點反而令人感到安心呢。

「真是的，還好有莉露在呀。」

結果在米亞的下方，莉露得意洋洋地雙臂抱胸。

「多虧有莉露，讓妳不用覺得寂寞了對吧？要好好感謝我才對。」

「妳剛剛才是到處左右張望吧？然後看見我就一臉很開心的樣子。」

「啥！妳對前輩竟敢這麼無禮！」

「妳的年紀確實比我大沒錯，但做為《調律者》我才是前輩吧？」

「……！喂！君彥！這孩子簡直沒大沒小呀！」

莉露氣得彷彿真的會發出呼呼的聲音，然後又說著「明明以前文靜得什麼都不敢頂嘴的說。」表達對米亞的不滿。

這兩人個性不合是從相識到現在都沒變。唯一改變的，就是米亞變得會毫不畏怯地對莉露回嘴了吧。

然而個性不合並非一定表示感情就不好。像莉洛蒂德現在將屬於自己身體一部分的輪椅託付給米亞，就是最好的證明。

「莉露是一個人來的？」

「是呀，上頭的人也真是無情，只會寄邀請函過來，卻叫人當天自己想辦法出席。」

莉露如此抱怨後，米亞也表示同意似地聳聳肩膀。

「不過現在這時代，只要有這張輪椅，什麼地方都能去。就這意義來說，我現在還是很自由的。雖然說，需要藉助別人的手就是了啦。」

如果是從前……也就是剛認識時的莉露，絕對不會講這種話吧。

不過她也變了。經歷與各種危機的交戰，在那過程中得出了她獨自的答案。

「但其實我有聽說前《調律者》可以帶一名使者隨伴出席，所以我本來……有稍微想過要不要帶你過來的。」

莉露說著，抬頭望向我。

以前有一段時期，我曾經當過《魔法少女》的使者。

當時的她需要有我，而我也同樣需要有她。

「好懷念啊，那段時期。」

「是呀……雖然現在回頭想想，當時我眼中看到的只有敵人就是了。」

莉洛蒂德講述起自己的過去，我們之間的回憶。

那是必須打倒的敵人、必須克服的危機，還存在於這個世界上的時候。

「那時我根本天不怕地不怕，心中完全沒有所謂恐怖的情緒。握著手杖和怪獸或魔人交戰，甚至從沒感受過疼痛。」

莉露那時是無敵的——魔法少女如此回顧。

這絕不是誇大表現。為何莉洛蒂德這個人物能夠成為無敵而勇敢的《魔法少女》，那是因為當時的她……不，那或許不是現在應該講的事情吧。

「不過莉露毫無疑問是正義使者。那時候的莉露過著身為魔法少女的人生。而對於這件事，我至今依然感到驕傲。」

「是啊，我也同意。」

和莉洛蒂德成為搭檔的那段日子，那段經驗，塑造出了現在的我……君塚君彥這個人物。假如說人必定要在未來背負起過去的代價，我真希望最起碼除了代價以外的一切也都能帶到未來啊。

「想想從那時候已經過了一、兩年，時間過得真快呢。」

莉露重新比較著過去與現在，臉上露出微笑。

充滿危機的過去，實現和平的現在。

「很高興世界變得和平了。」

這時，米亞也望著享受自助派對的出席者們，小聲呢喃。

「可是太過和平，反而讓我偶爾忍不住懷疑會不會全都是虛假的。」

我對她這句話一時之間想不出適當的回應。不過……

「米亞拯救了世界不是嗎？」

不只是米亞和莉露。那一天，正義的《調律者》們全部——

「嗯，我知道。或許是我自己現在還無法相信吧。戰事忽然終結，從本來以為會永遠持續的使命之中獲得了解放。」

聽到米亞這麼說，莉露似乎感同身受地瞇起眼睛。

「但是，我們今後必須做的事情肯定沒變。」

米亞接著得出這樣的答案。

她所謂的「我們」，想必是指守護世界的人們。

奧莉薇亞說過，米亞即使解除了《調律者》的任務，現在依然為了預防可能發生的危機，親自巡迴世界，親眼觀測。

「就算任務結束，生活方式也不會改變……不可以改變。因為這是學姊教給我的東西。」

米亞彷彿在告誡自己般這麼表示。

「莉露也是——雖然莉露很想這麼說啦，但或許正義使者的工作必須退休了吧。」

前《魔法少女》低頭凝視自己那雙已經不會動的腳，「所以這次也……」地小聲咕噥。

她想必也知道《未知危機》的事情吧。然而現在莉露的身體已經不像從前那樣可以亂來了。這是過去她賭上自己的驕傲與心願戰鬥所付出的代價。

「畢竟已經是大人了嘛。」

我這麼一說，莉露便「？」地歪頭。

她並不是因為腳受傷所以從魔法少女退休的。

「莉洛蒂德是由於成為了大人，所以從魔法少女畢業啦。」

莉露望著我的那一對寶石般的眼眸頓時搖曳，接著……

「……謝謝。」

主人給了使魔（寵物）一個久違的獎賞。

連我都覺得自己真有當忠犬的才能，忍不住露出苦笑。

「如何？你考不考慮再來服侍莉露呀？」

「哦哦，這是個不錯的提議啦，但是……」

我的眼中從剛才就看到米亞與莉露背後的另外兩個人物。而米亞她們似乎注意到我的視線，同樣把頭轉向後方。

站在那裡的，是身穿燦爛奪目的禮服，華美的臉妝搭配與平常不同的髮型，讓印象變得截然不同的兩位偵探。

「學姊！」

米亞立刻奔向穿著藍色禮服的希耶絲塔。

「好久不見。嗯，米亞果然平常應該多多打扮自己的。很漂亮喔。」

「……學姊才是呢，好可愛。」

米亞隱約染紅著臉頰，和希耶絲塔如此交談。

「喂，跟莉露在一起的時候態度也差太多了吧？」

莉露用埋怨的眼神瞧著那兩人的樣子。

別在意啦。人與人之間有各式各樣的關係啊。

「好久不見，莉露。」

另一位偵探——穿著紅色禮服的渚走過來向莉露打招呼。結果莉露眨了好幾下眼皮後，笑著回應：

「哦，我還想說是誰呢。這不是君彥的前女友嗎？」

「～～！妳還不是被拋棄了！」

我周圍難道只有愛吵架的女性嗎？

◆和平的共犯

「米亞，這個給妳。」

後來趁著希耶絲塔、渚和莉露在言笑晏晏的時候，我從包包拿出了某樣東西。

「……《原典》，你有帶過來呀。」

米亞見到我手中的東西，露出有點鬆了一口氣的表情。接著把手伸過來準備拿過去。

「為什麼妳會把這東西託付給我？」

然而在把書交給她之前，我如此問道。

在飛機上從奧莉薇亞手中接下《原典》的時候，她並沒有告訴我詳細的理由。本來不是一般人可以觸碰到的《原典》，為何米亞會託付給我？

「因為我做了這樣的夢——如果我這麼說，你會生氣嗎？」

結果米亞面帶苦笑抬頭望向我。不過她感覺並不是在跟我開玩笑，或者試圖敷衍。

「現在的我沒有辦法看到未來，預言《世界危機》。但我不知道為什麼，總有一種必須將這本書交給你的想法。唯有這個未來一定要遵循才行——有一天早上醒來時，我腦中就有了這樣的念頭。」

那是巫女的預知夢或第六感嗎？又或者是更有根據的一種必然？既然米亞本人都說不曉得，我也沒辦法繼續追究下去。

然而我遲早必須知道那個真相才行——這不是預感，而是基於某種確信的想法。

「米亞，抱歉。」

就連向她道歉究竟是不是正確的，我也不知道。

然而我還是將手中這本書遞給了疑惑歪頭的米亞。

「——這是……」

拿到書的瞬間，米亞驚訝地看向我。

看來她發現了，那是贗品。

但我最起碼不應該把眼睛別開——我如此想著，靜靜等待巫女做出審判。

「是嗎？這就是君彥，你的答案。」

結果先把視線別開的反而是米亞。但她深呼吸一口後，將那本假的《原典》抱在胸口又朝我注視過來。

「我明白了。如果這是你的選擇，我就接受。」

史蒂芬說得沒錯，米亞察覺了我的企圖後放過了這件事。

既不肯定，也沒有否定。

看起來只像在心中祈禱著這是一條正確的未來。

「你和學姊有說過什麼嗎？」

「……不，還沒有。」

這個心願，這個祕密，我沒有主動告訴偵探的打算。

「你還是要好好談一談比較好喔。男女之間的感情糾葛，多半都是因為溝通不足呀。」

「妳什麼時候變成戀愛專家了？」

我忍不住吐槽後，米亞輕輕笑了一下。

「但不管怎麼說，我都尊重你的判斷。這場典禮，必定讓它成功吧。」

她說著，向我尋求握手。

就在我準備握住她的手時，不經意感到奇怪。

——讓典禮成功。既然《原典》是贗品，在真正的意義上這目標絕不會達成。

這種事情米亞也應該非常清楚才對，可是為什麼……

「我也跟你一樣，喜歡讓故事有個圓滿結局呀。」

向我伸著手的米亞，笑容中隱約流露悲哀。

「——原來如此，妳也是……」

米亞也知道真正的《原典》到哪裡去了吧。

史蒂芬已經跟米亞有過接觸……不，恐怕在找我之前，他就先跟米亞見過面，做過交涉要求交出《原典》。然而米亞或許不知該如何選擇，而將《原典》託付給了我。

巫女同樣在衡量。不惜鬥爭與犧牲的完美正義，還是容忍邪惡存在的妥協和平，世界究竟會選擇哪一邊？

「好，米亞。我們讓它成功吧。」

我和米亞互相握手。

至於為何沒有找《名偵探》商量這項事實，我們彼此都不言而喻。

肯定就在此刻這個瞬間，我們成為了共犯。

後來奧莉薇亞接走米亞，和莉露一起又去找其他相關人物了。一直以來在世界各地活躍的前《調律者》就算是個溝通障礙者，人脈似乎依然很廣的樣子。

現場最後只剩下我、渚和希耶絲塔三個人。

只要有誰和誰對上眼睛，就會不約而同地把視線別開。正因為在場所有人都知道彼此由於意見不合起過爭執的事實，導致氣氛非常尷尬。而且互相都很清楚，這和平常的吵架在意義上是不一樣的。

「唉，真是沒辦法。」

看不下去的渚嘆氣的同時，重新看向我。

「君彥，講好的事情要怎麼辦？」

她保險起見地壓低音量，不讓周圍聽見。

所謂講好的事情，就是抵達法國後我們三個人祕密在準備的某項作戰計畫。我稍微思索後，回應她「作戰計畫中止吧」。結果渚頓時有點驚訝地瞪大眼睛。

「為什麼──就算我這樣問你，你有辦法在這裡回答嗎？」

「……很難。不過我有一項計畫。」

渚緊閉起嘴脣，目不轉睛地觀察我。

那態度看起來彷彿在懷疑我是不是想隱瞞什麼事情……不，應該說在擔心吧。

「我知道了。好呀，就那麼辦。」

結果做出判斷的卻意外地是希耶絲塔。

「昨天白天在飯店房間也說過了吧？指揮權就交給你了。」

「我還以為昨晚那場吵架讓那些決定全都不算數啦。」

「我又不是什麼小孩子，不會那麼感情用事的。」

你呀，是笨蛋嗎？──希耶絲塔說著，嘟起嘴巴。

「咦？難道昨天那是我記錯了嗎？我記得妳從酒吧回到飯店之後，到睡覺前都一直像個小孩子一樣回想跟君彥吵架的事情，一下生氣一下又沮喪的。」

「渚，不准多嘴。」

希耶絲塔瞪了渚一眼後，又重新轉向我。

「剛才這段話就當作已經從助手的記憶中消失了。」

「嗯，消失了。我什麼也不記得，妳放心吧。」

我們如此鬼扯後，希耶絲塔忽然露出微笑。

「我很想看看，在這故事中你會得出什麼樣的答案。」

她說著，向我伸出左手。那是和好握握手嗎？假如是這樣，那才真的太像小孩子了吧。我故意沒有回握她的手，只是露出苦笑做為回應。

「舞會好像差不多要開始囉。」

渚望著會場的樣子這麼說道。原本擺放飲料之類的桌子都被撤走，在空出來的場地上到處可以看到成對的男女在言歡。

「然後呢？君彥要跟我們兩個人之中的誰共舞呀？」

渚將這項二選一的問題攤到我面前。

要跟希耶絲塔跳舞，還是跟渚跳舞。

「又不是整場只能跟一個人跳啊。」

「但重要的問題是你會先牽起誰的手呀。」

唉，居然講這麼複雜的話。

就在我為了這項世界上最困難的問題苦惱的時候……

「抱歉，我跟人先約好了。」

希耶絲塔忽然如此表示後，轉身讓禮服輕輕飄了一下。同時還對著我稍微揚起嘴角，看起來就像在報復昨晚的吵架一樣。

「果然還是個小孩子。」

我聳聳肩膀，轉身背對離去的希耶絲塔。

「……搞什麼，對象是米亞啊。」

「像那樣馬上又轉回頭去確認希耶絲塔要跟誰跳舞的行為，很遜喔。」

渚這句強勁的吐槽讓我又立刻把視線轉回來。

「你在擔心希耶絲塔去跟其他男人共舞對不對？」

「怎麼可能？我又不是什麼國中小鬼，也已經不是高中生啦。」

「哦～？你知道就好。」

沒錯，我們都是大人了。只要看著此刻站在我眼前的這位女性……這位打扮得美麗動人的渚，我不想認清這點也難。

會場中接著響起樂聲，舞會開始了。

我注視著渚的眼睛，輕輕牽起她的手。

「就讓剩下來的我們去跳舞吧？」

「嗯～你這是消去法？」
「……講錯了。渚，請妳跟我共舞吧。」
聽到我這麼說，渚輕笑一下，將身體靠向我。
「要那樣也好啦。」
穿著高跟鞋的她，臉蛋近在我眼前。
她那對美麗的赤紅眼眸朝我凝視。
「只要現在，只要在你為了什麼事感到猶豫的時候，你願意看著我就好囉。」

◆追求片尾字幕的結果

舞會結束後，晚上七點前。
我們移動到了即將執行《聖還之儀》的會場。
這間具備開閉式天花板的橢圓形大廳可以容納數千人規模，前方還有一塊大螢幕，有種像是演唱會會場的感覺。
「各位的座位在這邊。」
大廳中大約坐滿了三分之一左右。
在負責招待的諾艾爾帶路下，我、渚和希耶絲塔並肩坐到後方的座位。

「舞會辛苦各位了。」

諾艾爾接著也坐到我旁邊，看來她接下來也會參加典禮的樣子。

「目前為止狀況如何？有什麼奇怪的地方嗎？」

「不，沒有特別發現什麼。保全方面也準備得萬無一失。」

這樣啊——我如此點頭回應。到目前都很順利，但假如會發生問題……

「接下來就要看《聖還之儀》的狀況了。」

希耶絲塔說著，注視大廳前方的舞臺。

在那裡豎立著像是紀念碑的白色柱狀物，前方堆疊有木柴，看起來宛如什麼營火。那東西要用在儀式上嗎？簡直就像祭壇一樣。

「再五分鐘就要開始了，請耐心等候。」

諾艾爾確認一下時間，對我們這麼表示。

我環顧會場，看到布魯諾坐在右前方出入口附近的座位上。然後在他周圍繞一群《聯邦政府》的直屬軍人們——通稱《白服》。他們雖然不是《調律者》，不過也是在世界各地的紛爭或事件的解決上有所貢獻的菁英集團。這次為了保護在典禮上被敵人盯上的布魯諾而負責擔任他的護衛。

——世界之智不久將亡。那封信到底是什麼人寄來的，至今依然還沒查出真相。但不管怎麼說，今天在會場上不會發生《未知危機》。因為昨天已經完成了那樣的契約。

「坐在那位子的該不會是米亞吧？」

在渚伸手所指的前方，有一張特別顯目的長椅子。

雖然從我們的角度看不清楚，但隱約可以看到從椅子邊緣露出類似巫女裝的布料。椅子旁還站著一個人物，從體型看起來應該是奧莉薇亞。

「是的，畢竟巫女大人在儀式中有特別的工作。」

「說得也是……不過話說回來，除了我們以外幾乎看不到什麼《調律者》呢。」

正如渚所言，另外只有看到莉洛蒂德坐在輪椅專用席而已，找不到其他《調律者》們。想當然，前《暗殺者》加瀨風靡也沒有到這裡來。

「是的，雖然還有《黑衣人》負責會場整體以及周邊的警衛工作，不過除此之外的前《調律者》大人們都沒有前來出席。」

存在本身同時也是一個組織的《黑衣人》底下有大量的成員，過去在《調律者》之中擔任類似便利屋的角色。他們總是穿著深色西裝，臉戴墨鏡，我們至今都沒看過他們真正的容貌。不過既然有他們負責守衛這裡，就更讓人安心了。

「史蒂芬果然也不在呢。我本來有話要跟他講的說。」

希耶絲塔提起她恩人的名字。

……其實我知道。不只是史蒂芬，還有其他幾名前《調律者》的行蹤，在場只有我知道。但我現在不能把它講出來。

不久後，一陣莫名低沉的鐘聲響起。

「要開始了。」

諾艾爾說著，望向前方。那鐘聲就是《聖還之儀》要開始的信號。天花板這時打開，讓人看見一片星空。接著從大廳前方兩處的入口陸陸續續出現十幾名臉戴面具、身穿特別衣裝的人們。

「是高官們。」

看不出年齡與性別的那些人排成一排，與米亞一起坐到最前方的座位上。

本來如果只論頭銜，諾艾爾應該也是坐在那裡的存在。然而由於不幸的世襲制度坐上高官職位的她，據說一方面由於經驗不足，所以只能被分配到類似使者的工作。

沒多久後，那群高官之中有幾名站起身子。一人吹奏像是法螺貝的樂器，另外兩人走向舞臺，點燃堆疊的木柴。就這樣在白色柱子前開始燃起青白色的火焰，朝夜空延伸。

會場暫時陷入一片沉默，接著又有動靜時，我熟識的那名人物站了起來。從長椅子上起身的巫女裝扮少女——米亞・惠特洛克，與身為她隨從的奧莉薇亞一起走上階梯後，首先將遞交到她手中的《聖典》放入火中焚燒。

「透過這場儀式，米亞會完全失去身為《巫女》的能力對吧？……可是光這樣真的就能使災禍平息嗎？」

坐在一旁的渚小聲呢喃。

「燒掉《原典》，歸還力量。假如都做到這種程度，今後卻又發生了《世界危機》呢？真的能夠保證這樣一來就沒問題了嗎？」

就在渚吐露著心中的不安時，又有幾本《聖典》被火焰包覆。

「沒錯，至今的歷史上也舉行過幾次《聖還之儀》，而成果已經獲得證實。」

我代替諾艾爾如此回答。

「然而那個和平並非永久持續就是了。」

我接著又這麼補充後，渚有點驚訝地張大眼睛。

「……果然，君彥大人已經注意到了。」

諾艾爾這時彷彿認輸似地輕輕點頭。

昨天在車上與諾艾爾交談時，她說過根據過去幾千年的紀錄中可以保證《聖還之儀》的效果。但既然從前舉行過《聖還之儀》，現在的世界就應該已經很和平了才對。然而我們至今卻親眼目睹過好幾次的《世界危機》。

恐怕在過去的數千年中，像這樣的事情已經循環過很多次了吧。但為什麼每次還是不死心地又再度執行這樣的儀式？而且明明有這樣的事實存在，為什麼諾艾爾還能那麼篤定保證我們的安全與和平？那是因為——

「藉由《聖還之儀》所維持的和平，其實有一段有效期限對吧？」

我這麼詢問後……

「兩百年。」

諾艾爾望著遠處的白煙如此表示。

「執行過一次《聖還之儀》後，最起碼有兩百年不會再發生《世界危機》。」

兩百年。下一次的災禍再怎麼快也要到兩百年後才會發生。

換言之，**只有活在現在這個時代的人類可以保證安全**。

「即便對世界來說只是暫時將就的和平，對人類來說就是永久的和平了。」

總有一天災禍必定會到來，然而在自己享盡天年之前那樣的危機都不會發生。

這個世界幾千年來都不斷反覆著這樣的循環。

——既然如此……

「那個選擇是對的。」

不管燒掉真正的《原典》，還是燒掉假的《原典》，世界無法實現永久和平的事實都不會改變。但假如有防堵《未知危機》的可能性，反而可以說我的選擇……史蒂芬他們的選擇才是正確的。

「漸漸燒掉了呢。」

希耶絲塔望著儀式如此呢喃。

曾經襲擊過這個地球的種種危機，在神聖之火焚燒下都昇華為飄向高空的白煙。

就在這時，《聯邦政府》的高官們從座位起身，朗讀起手中的書卷。那是為保護世界而戰的人們獻上讚頌，並為到訪的和平決心守護到底的詩句。

話語本身並沒有什麼價值。

由於是外國話，我也並不能完全理解其中的意思。但我還是閉起眼睛聆聽，同時遙想過去。

即便失去許多東西，依然朝著想要實現的心願拚命伸手奔馳的那段日子。結果我們獲得了最終的勝利，抵達了圓滿結局。戰事全部結束，如今已沒有人流淚。

『——真的是這樣嗎？』

感覺好像聽見誰的聲音。

最近向我如此呢喃過的，究竟是誰？

我看向旁邊，發現渚一臉擔心地注視著我。

「君彥？」

「沒事，沒什麼。」

我說著，搖搖頭。就在這時……

——磅！大廳中響起刺耳的槍聲。

與此同時，在白柱祭壇上飛散出鮮紅的血液。

「米亞大人！」

女性充滿焦急的尖叫聲傳遍會場。是奧莉薇亞。

在大廳前方，舞臺上，巫女倒在衝上前去的奧莉薇亞懷中。

是罪惡的子彈侵略正義的瞬間。

「敵襲！」

不知最初是誰如此大喊。霎時，大廳中陷入一片混亂之中。唯一可以確定的是，《巫女》米亞．惠特洛克遭到什麼人狙擊了。

「……米亞。」

在遠處的祭壇上，無力地癱在奧莉薇亞懷中的米亞，看起來從肩膀一帶出血了。

典禮開始之前，她表示自己也喜歡圓滿結局並露出的笑容閃過我的腦海。

「到底、發生了什麼事？」

太奇怪了。為什麼會這樣？

我的腦袋從剛才就彷彿要燒起來般快速運轉著，但得不出什麼像樣的答案。

不應該會這樣的——唯有這種自己死也不想講出口的愚蠢話語湧上我的喉頭。

「怎麼會有、這種混帳事。」

不對，我期望的未來不是這種結局。危機應該已經結束了才對。

是誰？究竟是誰在搞背叛？

史蒂芬嗎？那個烏鴉面具嗎？還是——

「等等，希耶絲塔！」

在我旁邊，渚衝了出去。

不，有個人物比她更早動身。

在渚伸手的前方，白髮偵探如脫兔般奔馳。手中抱著原本藏在座位下的滑膛槍，飛也似地衝向米亞的地方。

但她沒有注意到，還有其他人物正盯上那樣的自己。

「……！希耶絲塔，快看對面的二樓座位！」

在那裡的，是舉著一把黑色步槍的烏鴉面具人。當希耶絲塔透過對講耳機聽到我聲音而發現敵人時，槍聲已經響起。

超越音速的子彈一直線飛向希耶絲塔。如果她想閃避，連短短一秒的延遲都不允許。換言之——

「希耶絲塔……！」

猶如紅花綻放般飛濺的鮮血，顯示了那一槍的結局。希耶絲塔原地身體一晃，連護身動作都沒做就癱倒下去。

「…………！」

回過神時，我的雙腳已經動了起來。如今我衝過去也一點意義都沒有——在腦袋思考這種道理之前，我的腳就往前衝了。

與許許多多的人錯身、碰撞，每個人口中都在叫喚著什麼。但奇怪的是，我聽不見那些叫聲。

不知不覺間，聲音不見了。

世界上的所有聲響都消失，視野中的景象化為黑白。就在衝到了階梯最底處的瞬間，霎時失去平衡感的我全身摔落到地上。即便如此，我依然奮力伸手，伸向倒在遠處、變得動也不動的希耶絲塔。

「希耶、絲塔……」

我看過這一幕。我曾歷過這個景象。

沒錯。那天，偵探就是這樣——

「又是、如此嗎？」

明明這種結局，是錯的。明明我一直以來唯一追求的，就是不要讓未來變成這樣。然而，事情會變成這樣都是我的錯。我肯定做錯了什麼，所以這種錯誤的未來才會降臨。既然如此，我——

「────！」

就在這時，我看到有個人物叫喚著，奔向希耶絲塔。

是渚。另一位偵探憑著心中的激情衝刺。

我望著那偵探的背影，不知不覺中失去了意識。

【某位青年的選擇】

我到底做錯了什麼？

這種事情，其實根本用不著自問自答就已經十分清楚了。我只是對於把那個結論講出口感到忌憚，一個人默默走在夜路上。

「夜路？」

這是哪裡？我現在究竟朝著什麼地方在走？

必須快點回去？快點到希耶絲塔身邊才行。為什麼我會在這種地方——

「你其實也知道那個答案吧？」

什麼人如此細語。我不經意看向前方，發現在路燈下伸出一道黑影。

對我說話的正是那影子的主人。我知道那傢伙的名字。

「——史卡雷特。」

暗夜中浮現的一雙黃色眼眸綻放出妖媚的光芒。吸食人血的白色惡魔——吸血鬼。我本來以為自己再也不會見到他了。

「搞什麼？難道我還在作夢？」

而且不是普通的夢，是擾人安眠的惡夢。

「你對於我現身感到那麼不滿嗎？人類。」

史卡雷特就跟從前一樣，用非常籠統的分類稱呼我。

「假如我跟你說『很高興見到你』，你會怎樣？」

「那時候我就判斷是什麼惡人假扮成你，然後毫不猶豫地咬斷你的喉嚨。」

「還好我沒起什麼怪念頭。讓我們和平相處吧。」

就這樣，我和史卡雷特都不發一語，只透過視線交談了幾秒鐘。

我認為我們兩人之間沒有必要對這場重逢再多說什麼。

「然後，史卡雷特，你知道這是什麼地方嗎？」

只有一條路不斷延續的黑暗世界。史卡雷特背靠著唯一光源的那盞路燈，而我對他詢問現在這個狀況。

「誰曉得？但就算我不知道，你應該也知道。」

「你在跟我打禪機？」

「那也可以。你就回答看看我的問題吧，人類。」

他接著對我問道：

「你究竟做錯了什麼？是在什麼地方出錯，而現在停滯在這裡？」

是喔是喔，原來如此。你願意陪我這段無聊的自問自答是吧。

史卡雷特是為了這樣而站在這裡等我的嗎？——既然如此……

「看來我們居住的世界，並不容許所謂半吊子的東西。」

我為了告訴史卡雷特，也為了講給自己聽，如此開口。

「將就的和平也好，虛假的正義也好，這個世界都不容許。它不會那麼輕易就讓《調律者》從使命中獲得解放，也不允許從戰鬥中逃脫——世界再一次把這樣的現實攤在我眼前。」

所以我失敗了。我想讓名偵探從那樣殘酷的世界中逃脫，結果被看不見的惡魔之手揪住了腳踝。因此我們無計可施，畢竟所謂的選項其實打從一開始就不存在了。

「有個必須對抗的敵人存在，可真是輕鬆呢。」

史卡雷特忽然仰望著黑暗的天空，開口說道。

「然後那個敵人越強大越好。只要那傢伙存在，自己的心願就絕對無法實現的巨大邪惡。例如你所說的，如果這個世界本身就是敵人，那簡直是再好不過了。」

「……完全相反吧？阻礙自己實現心願的障礙越高，一點好事都沒有。」

難道他想跟我講什麼既然要翻越高牆，是越有挑戰性越好之類的狗屁道理嗎？

「不，我在講的是你們人類的壞毛病。」

然而史卡雷特卻出乎預料地加重了語氣。

「人類這個種族當自己本身出現什麼問題的時候，就一定會在外部設置一個假想的敵人，並且將問題發生的原因都歸咎於那個敵人。然後你們會異口同聲地說，全是那個敵人不對。正因為有那個強大的敵人存在，所以自己才會這麼痛苦。」

和強大的敵人交戰可真輕鬆是吧——史卡雷特說著。

「人們會陶醉於和強大的邪惡奮戰的自己，然後就算輸給了邪惡也會高聲互相安慰，說你們打了一場好仗。即使到最後自己的心願沒能實現，也會說服自己畢竟敵人是整個世界，這也是沒辦法的事情，進而接受一切。」

「……你想要說，我其實也已經接受了嗎？接受米亞和希耶絲塔被惡徒襲擊的現實。」

「不，就是因為沒有接受，你現在才會站在這裡吧？」

史卡雷特踏著咔咔的腳步聲，走在我的周圍。

「當許許多多的人類都滿足於強大的敵人而逐漸敗北的狀況中，你卻想要否定那樣的現實。換句話說，你現在是為了重新做某項選擇而站在這裡。」

……對。我想要重新來過。想要回到那場悲劇發生之前，重新選擇另一個未來。但那樣代表的意思就是……

「到頭來，我必須否定《調律者》們和平生活的日常才行嗎？」

既然我祈願讓他們、她們從使命中獲得解放，和平度過每一天的結果，就是那場典禮的最後結局。那麼希望改變那項命運的意思，等於就是讓《調律者》們再度背負殘酷使命的決斷。不管怎麼樣，希耶絲塔他們都……

「君塚君彥，你應該早就發現了，將就的和平是多麼脆弱。」

……是啊，我很清楚。正因為我期望那樣的東西，導致了那樣最糟糕的結局。

「但我只是希望讓希耶絲塔、讓渚能夠過著和平的日常生活。那就是我唯一的心願。所以……」

「我並不認為你這句話是謊言。」

可是——史卡雷特說著，把嘴湊到我耳邊。

「脫掉你的鎧甲。裡面還隱藏著另一個感情對吧？」

我忍不住睜大眼睛，結果史卡雷特輕笑一聲。

「你覺得我對人類的感情這樣發表高論很奇怪嗎？」

不，我不覺得。

因為我知道，讓你變得會講那種話的人究竟是誰。

「好啦，差不多該從惡夢中清醒了。」

他輕輕拍打我的肩膀。

「你總知道自己該做什麼吧？」

「……是啊，事到如今我總算知道了。」

我的手中握著一本書。

就跟那時候一樣，我要行使這本書密藏的某種能力。

這裡肯定就是讓我回想起這件事的時間與場所。

「史卡雷特。」

我最後叫了一聲已經轉身背對我的那傢伙。

「好不容易從你手中守護下來的這個世界，我想再稍微相信它看看。」

聽到我這麼說，史卡雷特回應一句「你變得很會講了嘛」並笑了起來。然後……

「但假如哪一天你真的對這個世界感到灰心了，就隨時到地獄來吧。帶著新娘子一起過來。」

吸血鬼丟下這句話後，溶入黑暗之中。

「很抱歉，那一天永遠都不會到來。」

我如此呢喃，緊抱著右手中的《原典》往前踏出步伐。

——走向未來嗎？——不對。

我現在走的，是通往過去的路。

「我要再一次，重新來過。」

從做出那項選擇的那天晚上開始。

為了讓這次能夠真的通往正確的未來（路線）。

【第四章】

◆激情的燈火

我第一次發現《原典》所具備的特殊力量，是在昨天——距地一萬公尺的高空上，奧莉薇亞將它遞到我手中的瞬間。

當拿到那本書的時候，**我看見了未來**。

該說是很有現實感的夢境嘛，或者說莫名具體的第六感。接下來將要發生的事情，如電流般竄過我的腦海。

在那現實般的夢境中，我首先拒絕了從奧莉薇亞手中收下《原典》。畢竟我認為《原典》不應該是那麼輕易可以交到我手中的東西。

奧莉薇亞雖然感到困惑，但最終放棄了將它託付給我，並回到自己的工作崗位。可是在那之後，我們搭乘的那班飛機沒能抵達法國。因為奧莉薇亞在機上不知遭到什麼人襲擊而受傷，於是飛機緊急降落到近處的機場。

然後——《原典》不知被何人奪走了。

那時候沒有從奧莉薇亞手中收下《原典》果然是錯誤的……就在我如此深感後悔的瞬間，回過神時我又坐在飛機上，奧莉薇亞就站在我眼前。而《原典》還好端端地握在我手中。

「我錯了。」

我一開始搞不清楚究竟發生了什麼事。接著確認奧莉薇亞平安無事，又向渚問了一下現在時間，才發現時間完全沒有前進。

回到過去了——我不禁這麼認為。

但後來仔細想想才總算察覺，這並不是回到過去，而是我看見了未來。

換言之，這本《原典》**會在擁有者對什麼重大判斷感到猶豫時，讓擁有者看到那項選擇之後的未來**。這非常接近於《巫女》米亞・惠特洛克看見未來的能力。因此我推測，自己應該是處於透過《原典》借用了《巫女》那份力量的狀態。

這件事還不能跟任何人講——我立刻這麼判斷。假如這是必須和希耶絲塔、渚共享的情報，想必從一開始米亞就會親自說明才對。然而她沒有那麼做，甚至也沒告訴身為使者的奧莉薇亞。由此可以推測，米亞或許認為只應該讓君塚君彥一個人知道《原典》的力量。因此我尊重了《原典》本來的擁有者米亞的想法。

但我同時也有另一項疑慮，那就是連米亞本身其實都沒有掌握清楚這本《原典》真正力量的可能性。假如是這樣的狀況下，我甚至對於該不該向米亞確認這件事都感到猶豫。因此我決定首先稍微花一些時間，觀察這本《原典》的詳細機制。

就這樣，我片刻不離地將《原典》帶在身上行動，但好一段時間都沒發生什麼奇怪的現象。我也有嘗試過在小事情的選擇上故意猶豫，看看相對應的未來，然而《原典》並沒有發揮力量。看來它果然只有在面臨重大分歧點的時候才會看到未來，或者可能並不是想要發揮的時候每次都能發揮能力。

後來《原典》終於再次讓我看到未來，是在昨天晚上。我和希耶絲塔吵架，並且與布魯諾交談之後。分歧點是——要跟史蒂芬見面，還是跟渚見面。我選擇了前者，將《原典》放手。藉由選擇將就的和平，試圖守護偵探們的日常。但結果究竟發生了什麼事，如今應該不需要再多說了吧。

——所以……

「**重新來過吧**。」

我在見到史卡雷特的這條夜路上……也就是時空的狹縫間如此決定。不過雖然講重新來過，也不是指從現實回到過去。嚴格上來講，應該是從未來回到現實。否定米亞和希耶絲塔被罪惡子彈擊倒的那項未來可能性，並選擇另一項未來。

我眼前有兩條岔路。選擇和史蒂芬見面，把《原典》交給《未踏聖境（Another Eden）》使者的那條路最後會走到什麼結局，我已經看過了。因此我要選擇另一條，與渚見面的路。況且渚在另一個未來也說過了——

——只要在你為了什麼事感到猶豫的時候，你願意看著我就好囉。

所以我現在要相信她這句話。然後追上在那個未來的最後，渚一直線奔向希耶絲塔的背影。

「從這裡再來一次。」

我就這樣朝著跟一開始不同的路走出去。不久後，我有種彷彿被光芒包覆的感覺。接著回過神時，我又回到了昨天晚上。

因此接下來要開始的，是緊接於昨晚在酒吧與布魯諾道別之後的故事。

是我沒有回應史蒂芬打來的電話，選擇與渚見面的世界。

「……久等囉。嗚～～好冷。」

在繁星露臉的冬季夜晚，可以看見被燈光照耀的艾菲爾鐵塔的一座公園中。

身穿大衣的渚縮著身體，來到約定地點。

「哦哦，抱歉，還讓妳特地跑出來一趟。」

我也豎著外套的衣領，轉身面朝她。

接著，我簡單扼要地說明了一下就在剛才與布魯諾見面談過的內容。雖然對我來說是第二次對她說明，但這也是沒辦法的事。我把終究沒能說服布魯諾婉拒出席典禮的事情告訴渚後，她便「這樣呀」地嘆了一口氣。

「不過，要講這件事的話，在飯店講也可以呀。」

「現在回去房間也只會聽到希耶絲塔在抱怨我的事吧？」

「呃，你怎麼會知道？……不對，並沒有那種事喔？」

妳眼神太飄忽不定了啦。再說，這是妳告訴我的啊。

「她是有點生氣沒錯啦，不過感覺困惑的成分好像更多呢。」

渚接著一邊苦笑，一邊向我形容希耶絲塔剛跟我吵完架之後的樣子。

「為什麼助手無法明白？我只是盡到自己身為《名偵探》的工作而已呀——這樣。」

「……說得也是。或許她是對的，錯的人是我。」

「哦？好稀奇。那你就快點回去跟她道歉呀？我想她也會原諒你喔？」

「那樣不行。」

我對疑惑歪頭的渚說道：

「我希望她也出錯。」

因為希耶絲塔的正義感太過正確了。因為她為了保護世界和身邊的人，甚至不惜犧牲自己也會戰鬥下去。

她曾經因為這樣陷入長眠。而且還兩次。所以在這個災禍總算結束，悲劇的連環終止，獲得和平的世界中，我希望她能捨棄那樣的正確態度。

「畢竟她現在逐漸變回了以前的希耶絲塔呢。」

渚似乎也有察覺這點，吐著白色的氣，注視遠方的鐵塔。

自從兩週前被《聯邦政府》召喚，然後從諾艾爾那邊接下暫時復職為《調律者》的委託之後，希耶絲塔就感覺漸漸在恢復為《名偵探》時期的自己。

獲知將可能發生的未知危機，接受代理《名偵探》的職務。後來又和風靡小姐見面，回想起曾經身為《調律者》的那段往事，而且還遭遇到與從前交手過的敵人酷似的存在。再度握起的滑膛槍讓她回憶起戰場上的感覺，而委託夏洛特維修那把武器。

接著又得知布魯諾即將面臨危機的希耶絲塔，更加深了做為《名偵探》的責任感，然後在渡輪上與《未踏聖境》的存在相遇，讓她的使命感真正恢復……我怎麼也無法壓抑自己從中感受到的危險性。對於《名偵探》過度完美的正義，我忍不住感到擔心。

「妳又是如何？妳應該同樣回憶起那時候的感覺了吧？」

我心中懷抱的不安，當然不只是對希耶絲塔而已。

另一位偵探——夏凪渚。她同樣曾經試圖犧牲自己拯救希耶絲塔。把心臟物歸原主，讓世界恢復它應有的樣子。說因為自己的使命終究只是代理偵探。

「說到底，我根本從來都沒有忘記過喔。」

「……那意思是說，到頭來現在的妳一直都是那時候的渚沒變嗎？」

也就是那時候犧牲了自己的代理偵探。

「嗯，可是呀，我也沒有忘記當時君彥我對生過氣的事情喔？」

渚那對紅寶石色的眼眸熊熊燃燒。

「我沒有忘記你為我生氣、為我哭的事情。還有我相信的正確被你否定的事情。那些全部都塑造出了現在的我。所以我從來不曾忘記。對的事情也好，錯的事情也好，我都沒有遺忘過。」

希耶絲塔肯定也是一樣吧——渚說道。

這樣啊，我的心意有傳達到。希耶絲塔也記得。

所以她也跟我一樣在猶豫，身處迷惘之中。

「我說你喔，從前也好，現在也好，未免都太喜歡偵探了吧？」

渚笑著把臉湊過來，不知為何將她的圍巾套到我脖子上。接著把它綁成像領帶的樣子，「嘿、嘿」地拉扯。

「住手，很難過。」

「最近我們的立場才剛對調過來沒多久，所以我想說偶爾要讓你明白一下。」

「妳只有三年前在放學後的教室相識的那一瞬間是個抖S角色啊。」

「什、什麼只有一瞬間？講得好像除了那時候以外我都是個抖M一樣。」

渚雖然不服氣地嘟起嘴，但事到如今才試圖修正角色路線也太勉強囉？

「我說，君彥。」

她又恢復有點嚴肅的語氣對我問道：

「從前的我，是怎麼樣的表情？」

我一開始不明白她這麼問的意思。

稍遲一拍我才聽出來，那是在延續我剛才提到的過去。

「在君彥很重視的過去回憶中，我和希耶絲塔當時是怎樣笑？怎樣生氣？怎樣哭？怎樣閃耀著？」

對，偵探並非一直都帶著笑臉。

那不是一段只有歡樂的旅途。也遭遇過許許多多危險，經歷過好幾次生死關頭。

然而在那之後，充滿激烈感情的偵探臉上的表情是……

「我說，君塚。」

夏凪用以前的方式叫我一聲。

「你比較喜歡怎麼樣的我們？」

我……那時候的我——

「不對，不是這樣。」

渚用食指壓住我準備講話的嘴唇。

「你該說那句話的時機不是現在，對象不是我。」

「……嗯，也對。我現在先保留。」

聽到我這麼說，渚露出微笑輕輕點頭。

「那我們差不多該回去了吧。」

我看一下時間，快要十一點了。考慮到明天的行程，稍微早點休息應該比較好。於是我轉身準備離開，卻忽然被人握住了手。

不用說，就是渚。

「……抱歉，講得好像我很了不起的樣子。」

她的額頭「咚」地靠到我背上。

「說這什麼話。妳給了我充分的力量啊。」

我背對著她這麼表示。自從相識的那一天以來，渚總是會說出我想要聽的話語。這是只有激情的烈火無時無刻都不會熄滅的她才能辦到的事情。

「不，剛才那些是身為偵探講的話。接下來要講的，是夏凪渚（我）的真心話。」

渚首先這麼強調後，繼續把額頭靠在我背上說道：

「對不起，一直讓你扮演吃虧的角色。對不起，我們把決斷都推卸給你。然後謝謝你，總是努力想要為我們帶來和平。」

我聽得出來，她聲音中帶有些許的眼淚。

「我其實也曾經感到害怕。以前賭上自己的性命交戰的時候也好，那場《大災禍》的時候也好。還有現在，又要再度跟世界扯上關係的事情也是。所以關於你想要拯救這樣的我，我真的很……」

「……別說了。」

我根本不是站在值得被渚感謝的立場。妳以為我至今被妳的話語拯救過多少次？鼓勵往前邁進過多少次？所以我希望讓渚和希耶絲塔至少能過著和平的日常生活，這別說是什麼報恩了，完全是我自己一廂情願的念頭。因此渚根本沒有必要對我說謝謝。

「不行，至少要有個人用話語好好認同君彥才行。但希耶絲塔肯定很拙於表現，所以最起碼應該由我來說——謝謝你。身為我們的助手，身為我們最棒的搭檔，謝謝你。」

渚的聲音，還有額頭，都發燙起來。

不過現在最讓我在意的，是她的眼淚。

「唉，我明明約好不能讓妳哭的說。」

這樣下次又在夢裡見到海拉的時候，她絕對會臭罵我一頓。我接著轉回身子，把還套在自己脖子上的圍巾拿下來，重新圍在物主的渚脖子上。

「不需要道歉也不需要感謝。畢竟我會希望妳和希耶絲塔過著和平的日子……原因只是我太過喜歡妳們了啊。」

所以別在意了——我即使心中抱著自己講的話很肉麻的自覺，但還是做為比從前稍微成熟了一些的證明，坦率說出口。

結果聽到我這麼說的渚驚訝得稍微張開嘴巴。

但她接著稍微握住圍巾好一段時間後，把通紅的臉蛋別開，罵了我一句「笨死了」。看來我幫女生圍圍巾的技巧還需要多多練習的樣子。

「嗯，真漂亮。」

我忽然感覺遠方有點耀眼而轉過頭去，發現艾菲爾鐵塔的光彩跟剛才不一樣。這麼說來，好像日落之後的每個小時會有五分鐘這樣的燈光秀啊。

「渚，怎樣？看到這樣的美景，是不是可以別再怪我把妳叫到這麼冷的地方來啦？」

就在我如此開玩笑，並重新轉向渚的時候……

左邊臉頰忽然觸碰到某種又熱又柔軟的東西。

是渚親了我一下。

「……這是慰勞。」

她的嘴唇接著離開我臉頰，但就在那瞬間，從她口中吐出溫熱的氣息。

「這是偵探對平日來很努力的助手表達的感謝之意。沒有什麼更深的意思。」

所以說——渚說著，用圍巾遮住自己的嘴巴。然後……

「要是你敢會錯意，我就半殺掉你。」

她說出相較於平常的口頭禪，顯得弱了許多的反擊。

◆因為那是南柯一夢

隔天早上，我在飯店醒來，看到兩張空床。不過我已經知道她們不在的理由，所以也沒特別擔心什麼。

昨天晚上和渚見面之後，我們就那樣兩人一起回到了下榻飯店。因此藉由《原典》的力量看過那場與史蒂芬一幫人的密談並沒有發生。

除此以外的時間幾乎都是同樣的發展。我一個人待在房間，不久後諾艾爾就來接我，前往舉辦典禮的那座宮殿。

然後我在那裡與米亞和莉露重逢，跟看過一次的未來一樣愉快交談。雖然這時候如果可以對莉露講些稍微再貼心一點的話就好了，但我決定留待下次的機會。畢竟我肯定還會再跟她見面才對。

關鍵重點在於那之後，我把《原典》交還給米亞的時候。不同於另一段未來，我並沒有把《原典》交給那個烏鴉面具人。

換言之，我這次是把真正的《原典》遞交給米亞。

趁著希耶絲塔和渚正在跟莉露歡談的時候，我和米亞做了這樣的互動。

「是嗎？這就是君彥，你的答案。」

米亞說出了我已經聽過一次的話。

但話語中的意義肯定和那段未來不同吧。

「這樣真的好嗎？」

她將收下的《原典》抱在胸口，如此問我。既然這東西再度回到自己手中，就清楚表示了與《未踏聖境（Another Eden）》的交易失敗。雖然米亞確實是把決定權委交給我判斷，但她心中應該原本就傾向某一邊才對。

「完全的正義與將就的和平。」

聽見我如此呢喃，米亞的肩膀稍微抖了一下。

「哪一邊是正確，哪一邊是錯誤，我並不知道。或者說，我不應該要知道。」

我不認為自己有決定對錯的權力。而且就算遲早會得出答案，那也不是現在。

「最起碼應該可以等到這場典禮結束才對。」

在那之前，讓我再稍微掙扎一下吧。

「……我明白了。我也會盡力協助。」

就這樣，我們第二度握手。和第一次的意義稍微不同，但我總覺得就是因為有那第一次，如今才能走到這裡。

「啊，對了。米亞，還有一些事情我想跟妳講……」

後來沒多久後，米亞與莉露離開，剩下我、希耶絲塔和渚三個人。和那段未來是相同的狀況，然後又開始呈現出難以言喻的尷尬氣氛……不過，也有和那時候不一樣的部分。

「希耶絲塔，等一下的舞會，妳跟我跳吧。」

我搶先這麼出手。我和希耶絲塔還在吵架的狀況從昨晚都沒變，從那之後我們都還沒有好好講過一句話。

然而希耶絲塔對我這個邀約露出訝異的表情。

「為什麼跟我？而且我有約好要跟米亞……」

「我請米亞讓給我了。很遺憾，妳的舞伴只剩我了。」

「那是什麼莫名其妙的事前準備？話說，渚妳這樣沒關係嗎？」

「沒關係呀。反正我昨天已經和君彥在夜晚的公園親熱過了。」

「呃，妳這是在跟我炫耀？」

居然在人家睡覺的時候幹了什麼事——希耶絲塔露出難以置信的眼神看向渚。

但渚只是輕輕笑著，揮手離開。並且在跟我錯身而過的時候，小聲說了一句：「剩下就交給你囉。」

後來會場中樂聲響起，於是我對直立不動的希耶絲塔伸手邀舞。結果她雖然嘆一口氣，還是牽起了我的手。

「那我們走吧。」

我握著希耶絲塔白皙的手，然後把另一隻手繞到她腰上。

狀況和以往相反，我很少會主動握她的手。因為總是在不知不覺間，希耶絲塔就會拉住我的手。

「你會跳舞嗎？」

「妳覺得我看起來很會嗎？」

「不，完全沒那感覺。」

別講得那麼認真啊。我隨著音樂的旋律，有樣學樣地踏著笨拙的舞步。

「……還是由妳來帶舞吧。」

看著周圍人優雅跳舞的景象，我漸漸開始覺得無地自容了。

「唉，真拿你沒辦法。」

希耶絲塔頓時嘆氣。但就在下個瞬間，她的手用力一拉，把我整個身體都拉了過去。與她的身體曲線緊密相貼，使體溫直接傳來。在她的帶舞下，我的腳自然地動了起來。

然而這並不表示男女角色對調了。旁人眼中看起來，應該依然覺得是我在帶舞吧。在三拍子的華爾滋樂曲引導下，我和希耶絲塔有如旋轉木馬般不斷轉圈。就在這時，我忽然感受到周圍的視線。

「大家都在看我們呢。」

希耶絲塔露出煽惑的微笑。胸口顯露的禮服，不同以往的髮型。唯有此刻，我忘掉了其他多餘的事情，只專心與長大成熟的她共舞。

「被這麼多人瞧著，你很害羞嗎？」

怎麼可能？

我甚至感到驕傲。對於她此刻成為了世界中心的事情。

「抱歉。」

我看著希耶絲塔的眼睛，如此道歉。

「你這是對什麼時候的什麼事情道歉？」

希耶絲塔稍微把視線別開，這麼問我。

「為什麼我們之間會產生那樣的不合——我試著一邊回想過去，一邊思考。」

然而我沒有立刻回答她的問題，而是首先尋找引導至答案的話語。對於偵探和助手來說，在結論之前的假說更是重要。

「我們從最初去旅行的時候就經常為了很多事情吵架啊。」

「難得回顧旅遊的記憶，你卻先從吵架的事情開始？」

雖然我自己也覺得很怪啦，但首先浮現腦海的就是那些回憶啊。

「不過，這麼說也對啦。畢竟你以前老是做一些讓我生氣的事情。只不過是連續露宿屋外一個禮拜你就變得不開心，說要去買新武器的時候你也一點都不愉快的樣子，還有我熟睡到中午你就把人家吵起來。」

「那是妳對我要求的新生活一下子就把難度調太高了啦。」

而且關於最後一點，我絕對沒錯吧？

「在希耶絲塔為我帶來的那段非日常生活中，我曾經好幾次差點死掉。」

「所以我為了不讓你死，好幾次保護了你不是嗎？」

「對，妳保護了我好幾次……也因為這樣，讓妳自己遭遇了好幾次危險。」

希耶絲塔又把視線別開。

我們一邊動著手、動著腳，一邊回憶從前那段激烈動盪的日子。

「這麼說來，我也被你罵過呢。你說要我負起責任保護你到最後，不准擅自先送死。」

希耶絲塔露出自嘲的表情，再度抬頭看向我。

「你就是討厭我那樣的部分嗎？」

「對，我很討厭。」

所以那時候也是。當希耶絲塔的心臟開始被《種》侵蝕，而她主動消失了蹤影的時候，我們同樣對立過。我希望希耶絲塔能夠更懂得自私一點。比起世界的事情，比起我們的事情，我希望她更珍惜自己。

「我以為那一天，這份心願已經明白傳達給妳了。因為妳那時候說過，希望能夠再跟我一起享用紅茶。」

因為她親口表示過——想要活下去。

「所以你昨天才……」

「對，我一直相信著，這一年來和平的日常生活才是偵探所期望的東西。」

不只希耶絲塔。渚也是一樣。

我以為戰鬥結束，完成使命的兩位偵探終於迎接了幸福結局。或許這樣講很傲慢，不過就像那兩人曾經給了我許許多多的東西一樣，我以為這次換成我給了她們兩人那樣幸福的日子。

「但那是我誤會了。」

「助手，那是……」

「不，聽我說下去。我絕不是在自卑，也不是在自嘲。」

我只是想承認自己的錯誤。

那是昨晚和渚交談時，被她詢問才察覺的事情。

『你比較喜歡怎麼樣的我們？』

我現在，要給這個問題交出答案。

「剛才我說過，我很討厭以前那樣不畏犧牲自我的妳。可是……」

接下來這句話真的應該講出來嗎？我不知道。我至今為止的行動就是為了否定這點才對。正因為我一直抱著這項心願，我才能不斷往前進，不斷期待未來。要是我現在把這句話講出來，恐怕會把一切都顛覆。恐怕會讓我期望的日子又再度遠離。即便如此——

「對於偵探那樣虛渺無常的樣子，我同時也覺得美麗。」

不惜讓自己如櫻花般散落，用剎那的光彩照亮黑暗的名偵探，在我眼中看起來比任何人都耀眼。我喜歡的，是那樣燦爛奪目的偵探。

「所以這是謝罪。」

這恐怕是我第一次，如此認真地向希耶絲塔低頭致歉。

「我因為自私的念頭，不想讓妳送死，結果玷汙了名偵探的驕傲——是我錯了，請原諒我。」

音樂沒有停息。我被希耶絲塔拉著身體，請求她的原諒。

「以前的我，很有魅力嗎？」

希耶絲塔有點不安地、尋求依靠似地這麼問我。

她的臉在我的胸前，在我的懷中。

「是啊，妳很美麗，很帥氣，很燦爛。或許就是因為那樣的妳邀請，我那天才會握住妳的手。」

在一萬公尺的高空上相遇後，她還闖到了我家跟我學校，對我內心懷抱的問題提出了答案。希耶絲塔接著邀請我踏上世界之旅，而我那時候握住了她伸出的手。因為我有種預感，只要走在她身邊，就會有什麼重大的改變。

「所以那時候你才對我說，要我跟你一輩子在一起嗎？」

希耶絲塔帶著微笑，搬出七年前的糗事。那天在即將從日本出發的機場中，面對最後一次邀請我「當我助手吧」的希耶絲塔，我不小心講出了那樣有如求婚般的發言。

「但是在我的記憶中，那時我應該撤回前言了吧？」

「是嗎？我可是稍微當真，所以帶著你到處跑了三年喔。」

我們如此鬥嘴後，不約而同地笑了出來。

音樂這時進入高潮。曲目即將結束，要交換舞伴了。

「那麼希耶絲塔，我現在重新跟妳講一次。」

希耶絲塔稍微疑惑歪頭。

「拜託妳跟我一輩子在一起吧。」

我可以清楚看到，她睜大了那對碧眸。

「一輩子別離開我。一輩子哪兒也別去。一輩子永遠讓我走在妳身邊。」

希耶絲塔至今好幾度從這個世界上消失的景象閃過我的腦海。

而我現在相信所謂的言靈，強烈地、強烈地否定那些情景。

「不管發生什麼事都不要消失。從今以後，不管妳要去哪裡都帶著我。不管什麼地方我都會跟著妳。不論遇上什麼不講理的事情，我都會克服。所以——」

「——我發誓。」

希耶絲塔耀眼的雙眸注視著我。

我已經聽不見音樂聲。唯有此刻，我只聽得到希耶絲塔的聲音。

「我會一輩子把你帶出去。會一輩子從不講理的世界中守護你。會一輩子跟你一起做蠢事。所以——」

她把額頭輕輕靠在我胸膛上。

「一輩子讓我幸福吧。」

我們的舞步就此停下。短促的呼吸，發燙的身體。接著稍微冷靜下來後，才漸漸聽到周圍的聲音。不知不覺間，音樂已經結束。我和希耶絲塔依然互相注視，但最後不約而同地把視線別開。

「前面要加上『身為偵探』嗎？」

「你才是，要加上『身為助手』對不對？」

後來我們再度四目相交，兩人同時笑了起來。她接著難得感到好笑地擦著淚水的表情，果然跟那天同樣是一億分的笑臉。

「好啦，那麼助手，我們接下來要怎麼行動？」

不久後，偵探彷彿要把剛才的氣氛都切換掉似的，如此詢問助手的判斷。

對，從這裡開始才是重頭戲。

我先深呼吸一口後，選擇了和那段未來不同的答案：

「希耶絲塔，執行作戰計畫吧。」

◆惡之行進

舞會結束後，我們移動到舉行《聖還之儀》的會場。

時間是晚上七點前。目前為止時間上的軌跡，都跟我已經看過一次的未來幾乎相同。不過這一方面也是我盡可能讓自己做出相同行動的緣故。

之所以這樣，是因為如果我過於大膽地變更行動導致環境產生變化，已經看過一次的未來就會變得無法參考了。因此我盡可能遵循著跟第一次同樣的發展，把焦點鎖定在無論如何都必須改變的部分，只在那樣的時候變更自己的行動。然後現在，我又改變了一項行動。

「請問座位在這邊可以嗎？」

「嗯，這裡就很充分了。」

我對諾艾爾的詢問點點頭，在大廳一樓左前方的座位坐下來。

這裡距離儀式祭壇大約二十公尺，比上次接近了。

「抱歉啦，勉強妳幫我們移動了座位。」

「不會的，你希望盡可能靠近欣賞儀式的心情我也能夠明白。畢竟這對各位《調律者》大人們來說，是最後一場舞臺了。」

……是啊，說得沒錯。雖然前提是這場典禮要平安落幕。

「話說希耶絲塔怎麼了？來得好慢啊。」

我對坐到旁邊的渚這麼詢問。剛才那場舞會結束之後，我就沒看到希耶絲塔的人影了。

「不要去在意女孩子暫時離席的理由呀。」

「哦哦，去廁所啊。」

「你是把禮貌都丟到路邊去了嗎？」

渚頓時用凍寒的視線瞪過來。我似乎講錯話了。

「再五分鐘就要開始了，請耐心等候。」

諾艾爾這時講出跟第一次同樣的話。

我利用這段時間整理一下現在必須思考的事情。

到這邊為止的發展都還算順利。和偵探坦然面對，和巫女共享展望，也定下了我自身的立場態度。然而接下來呈現未知數的部分也很多。

在儀式中，恐怕會發生攻擊米亞的槍擊事件。但是為什麼米亞會被盯上？在第一次的未來中，槍擊事件發生在準備燒掉《原典》的前一瞬間。如果正常來想，那應該是為了奪走《原典》的行為。

但當時那本《原典》是我已經掉包過的贗品。那麼開槍狙擊的凶手難道不曉得這件事嗎？……不，這是不可能的。我當時在這個會場清楚看到烏鴉面具人舉著一把黑色步槍的身影。那傢伙應該知道一切才對，因此是在知道這件事的狀況下背叛了我們。

「也就是說，那傢伙們除了奪走《原典》之外還有其他目的。」

我用誰也聽不見的聲音呢喃自語。

那傢伙們——是否要把史蒂芬以及其他《調律者》們也算進去，我不知道。但至少可以確定，那個來自《未踏聖境》（Another Eden）的烏鴉面具果然是敵人。接下來《未知危機》毫無疑問會發生，而我們必須擊退它才行。

「到頭來，又回到原點了。」

被諾艾爾召喚的那天，希耶絲塔和渚取回了《調律者》的權限。接著在布魯諾的委託下，兩人又恢復為《名偵探》。然後一如當初討論的結果，我們要與這場典禮上即將發生的《未知危機》交戰。

命運不會那麼輕易改變，然而我們可以改變戰鬥的方式。而這項事前準備應該已經盡可能完成了才對。

「久等了。」

就在這時，我迫不及待見到的人物坐到渚旁邊。

「來得真慢啊，希耶絲塔。」

「嗯，我稍微去補妝了一下。如何？」

她輕輕歪頭詢問我的感想。

「嗯，簡直判若兩人啊。」

「你講得意外直接呢。」

正當我們如此閒扯的時候……

會場中響起低沉的鐘聲。

「要開始了。」

隨著諾艾爾這句話，對我來說是第二次的《聖還之儀》開始了。

大廳天花板打開，戴著面具的高官們現身，有人吹法螺貝，有人點燃柴火。我已經看過一次的景象再度重現。

接著輪到米亞登上祭壇，將奧莉薇亞交給她的《聖典》一本一本投入火中，完成她身為《巫女》的使命。白煙杳杳升向天空，圍繞祭壇的高官們朗誦起異國語言的書卷。但我現在必須注意觀看的不是那些景象。

「在哪裡？」

我仔細觀察大廳的每個角落。那個烏鴉面具人肯定在什麼地方才對。那傢伙肯定拿著一把步槍躲在哪裡，準備狙擊巫女。

在第一次的未來中，那傢伙出現在對面二樓座位。但我現在從這裡觀察起來，烏鴉面具人並沒有現身。難道我拜託警衛隊在關鍵位置加強部署的事情被發現了？

「……君彥，快囉。」

渚在我耳邊小聲提醒。米亞快要拿起《原典》了。假如事件要發生，應該就在那一刻。

我已經把接下來可能發生的事情也告訴了兩位偵探。當然她們都對我半信半疑，但還是接受了我的作戰計畫。所以我更不能在這裡失敗。

然而，那一刻終究到來了。身為隨從站在一旁的奧莉薇亞將《原典》遞交給米亞。而米亞接下那本書後，將它舉向熊熊燃燒的火焰。

——當我總算在對面的二樓座位發現那傢伙的時候，那傢伙已經把槍口瞄準了米亞。

「……！到底是變了什麼魔法？」

到頭來，敵人還是出現在同樣的地方。到剛才為止那裡應該都沒人才對。可是非常突然地——真的就像瞬間移動一樣，烏鴉面具人現身在那裡了。

「米亞！」

我如此大叫後，站在臺上的她瞬間瞇起眼睛露出銳利的眼神。關於這場槍擊的事情，我同樣告訴過她。然而就算我現在叫她的名字，米亞也來不及應付超越音速的子彈。

「——別擔心。既然已經知道未來，只要往前反推行動就可以了。」

如此說的，是身穿藍色禮服的白髮少女。而她這句話早在幾秒鐘前就被本人丟在原處。

當我叫喚米亞的時候，白髮少女已經跳到臺上。

一秒後，槍聲響起。

所有人不禁掩耳閉目的瞬間，只有我注視著舞臺上。

在趴下身體的米亞前方，代理《名偵探》站在那裡——把握在右手的滑膛槍像長劍般一揮，打掉邪惡的子彈。

「敵襲！」

首先如此大喊的，是布魯諾·貝爾蒙多。

即便這是在第一次沒看過的景象，現在的我也能冷靜觀察。

座位與我們相反，坐在大廳右前方的布魯諾伸手指著身披紅色斗篷的烏鴉面具。但敵人對此做出反應，立刻把槍口轉向布魯諾。

「爺爺大人！」

諾艾爾當場大叫。之前那封信的內容也閃過我腦海。不過關於這點已經有做好準備工作。坐在布魯諾四周的《白服》軍人們紛紛拔出槍械迎擊。結果因為這場槍擊讓武器掉落的烏鴉面具大概判斷自己在人數上不利，而發揮超越常人的跳躍能力大幅拉開了距離。

「渚，趁現在。」

「嗯，交給我吧。我先去莉露那邊。」

我們互相點頭後，按照計畫行動。既然已經知道未知的敵人會現身，那麼最優先必須做的事情，就是盡量減少留在戰場上的人。

雖然放眼望去會場中已經開始主動避難，不過我們還要協助。渚負責去幫忙疏散包含雙腳不自由的莉露在內的其他一般人。

「希耶絲塔！米亞拜託妳了！」

成為槍擊目標的米亞同樣也是必須優先疏散的人物。我確認了白髮少女已經抱起米亞，跟奧莉薇亞一起退向出口。這樣一來《原典》也守住了。

「剩下就是讓布魯諾避難……」

我如此想著，再度把視線轉回會場另一側時，看到在樓梯下的一塊開闊處，十幾名《白服》包圍了烏鴉面具。《白服》們手上除了一般的槍械以外，還有人握著外型上我從沒見過的重火器與刀劍，舉向烏鴉面具。

在那樣的狀況中，烏鴉面具「噠」的一聲，原地輕快跳起。

噠、噠、噠。

保持固定的節奏垂直跳了七下之後，敵人的身影忽然不見了。

一瞬間瞞過《白服》們的視線般消失蹤影，幾秒之後又讓我目睹到一顆顆人頭同時拋向空中的景象。血沫橫飛，將潔白的制服染成了紅色。

敵人究竟是如何把《白服》們的腦袋砍斷的？肯定知道這個答案的本人不知不覺間已經降落到地板上，接著把臉朝向位於遠處的《情報屋》。

「布魯諾！」

我叫喚的同時，發現緊急事態的警衛隊前來加入戰局。他們朝著烏鴉面具一舉開槍，但子彈卻在擊中敵人之前消失在虛空中。跟之前在渡輪上看到的是相同的現象。接著這次換成烏鴉面具用雙手比出槍的手勢。

碰！碰！碰！

實際上我沒有聽到槍聲。可是被那傢伙的食指指到的警衛隊員們卻紛紛像是被真槍擊中般倒了下去。

然而他們爭取到的那短暫時間，拯救了世界之智的性命。布魯諾雖然對會場中上演的慘劇皺起眉頭，但還是在護衛人員的催促下穿過了出口。

「諾艾爾，我們也快逃。」

我抓起諾艾爾的手，朝距離最近的出口衝去——可是就在下個瞬間，烏鴉面具忽然出現在我眼前。近距離看到戴著黑色面具的那傢伙，我頓時雙腳僵住。這不只是單純的恐懼，而是面對比自己高等的存在所散發的殺氣，導致我本能上無法動彈。

「——」

那雙漆黑空洞的眼睛什麼話也不說。然而就在這時，我方射出的子彈穿過我們之間。

烏鴉面具見到那一幕，立刻用超越常人的特技動作離開了現場。隨後只剩下那傢伙有如野獸的氣味。

「……！君彥大人，這是……」

諾艾爾瞪大眼睛環顧四周。

我則是由於那個烏鴉面具已經離開，或許忍不住鬆懈了。短短一瞬間後我才發現，有新的敵人入侵到大廳內。其數量——估算五十人以上。

是一群手持步槍與機關槍，頭戴防毒面具，全身漆黑的男人們。他們彷彿從一開始就已經決定好隊形似的，轉眼間把還剩下將近三百人的這座大廳包圍起來。

「這傢伙們也是《未踏聖境（Another Eden）》的人嗎……？」

狀況想當然很糟。雖然那個烏鴉面具人似乎已經從這座大廳消失，但我方持有武器的人員們幾乎全部都被打敗了。

然後不知該說幸還是不幸，我環顧整間大廳沒有看到名偵探的身影。或許她們順利跟著其他人質一起逃走了，但反過來說，也代表我們接下來無法藉助她們的力量。

米亞、莉露以及布魯諾也都不在。現場留下的都是一群沒有特別能力的非戰鬥人員。

「君彥大人，照這樣下去……」

「別擔心。至少敵人並沒有立刻把我們殺掉的意思。」

對方這個隊形的目的是不讓我們逃到外面。這也就是說，敵人接下來應該打算跟我們做什麼交涉。

我這項預感，在下一瞬間獲得證實。

大廳的天花板關起來，前方的螢幕映出影像。

出現在影像中的，又是頭戴烏鴉面具的人物。是剛剛還在這裡的那傢伙嗎？還是不同人？

連性別都看不出來的那傢伙，接著用同樣有如人工合成的奇妙聲音道出了這場對正義發動的恐怖行動背後的動機：

『聯邦政府　現在在這裡　公開你們隱藏的　世界的祕密』

◆面具人偶

回答的時間限制為十分鐘。在那之前如果不能達到要求就殺掉一名人質。

烏鴉面具告知這項規則後，便切斷了影像。

被留在現場的我們又再度陷入混亂。

「……果然敵人就是《未踏聖境》（Another Eden）。」

指甲刺在掌心上的痛，才讓我察覺自己正緊握著拳頭。

果然，《未踏聖境》的使者還是會強迫《聯邦政府》提交所謂世界的祕密。那就是敵人最重要也是唯一的目的，說什麼只要交出《原典》就不會再出手根本是騙人的。

換言之，另一個未來的我是被史蒂芬欺騙了嗎？或者可能連史蒂芬也被那個烏鴉面具人給騙了。但不管怎麼說，這下搞清楚一件事了。《未踏聖境》的使者們只要政府沒有把所謂世界的祕密公開，就不會停止攻擊。任何交涉或交易行為都早就沒意義了。

「諾艾爾，可以讓我再問妳最後一次嗎？」

在依然呈現一片混亂與騷動的大廳中，我輕聲詢問一旁的諾艾爾。

「關於那傢伙們講的東西，妳真的一點頭緒都沒有嗎？」

「……是的，我真的不知道。假設地位比我高的人知道，身為新人的我也沒有權限得知。」

諾艾爾咬住嘴唇搖搖頭。她沒有在撒謊——從她的臉色、眼神動向以及聲音的顫抖程度，我如此判斷。

「好，我瞭解了。既然如此，就去問知道的人吧。」

「君彥大人……？」

諾艾爾抬頭看向起身的我。而我在她的注目下，走向大廳最前列的座位。

不知是沒能來得及逃跑，還是打從一開始就沒有逃跑的意思，《聯邦政府》的高官們依然在那裡。我走到那些直立不動的高官們其中一人面前，停下腳步。

雖然他們全都戴著面具，不過那些面具的形狀與紋路各自不同，能夠做判別。因此我光看就能知道那傢伙的名字。

「艾絲朵爾，我有話要跟妳談。」

其實不管高官之中的誰都好，但這女人是從前特別跟我和《名偵探》交流較多的人物，因此我決定找她了。

「《未踏聖境》（Another Eden）的使者們所要求的世界之祕究竟是什麼？」

面具女不發一語地站在那裡。雖然整個會場的視線都聚集在我們身上，但身為敵人的那群防毒面具人們並沒有要過來妨礙的動作。那麼就足夠了。

「只要你們繼續這樣不聲不響，在這裡的人之中就有誰會被當成人質殺掉。甚至是身為直接相關人物的你們這群高官被挑選為犧牲者的可能性也很高。如果妳知道答案，就快點講出來。」

我盡可能保持冷靜地如此呼籲。隔了一段沉默後，她接著表示：

『對於這項問題，艾絲朵爾並不具備回答的權利。』

簡直就像現在發生的事情與自己無關似的，面具女人有如機械般這麼說道。

「妳只是沒有回答的權利，但不表示妳不知道答案是嗎？」

『對於這項問題，艾絲朵爾並不具備回答的權利。』

「……至今也因為各種《世界危機》讓人喪命了。假如放任《未踏聖境》這樣做侵略，本來應該結束的災禍又要開始囉？」

當然，我並不是要把《未踏聖境》提出的要求全盤接受的意思。但現在《聯邦政府》採取的方針是——無策的停滯。那樣下去只會發生前所未有的危機。然後這個世界現在已經把一隻腳踏進地獄的入口了。

『防堵那個災禍不就是《調律者》的使命嗎？』

艾絲朵爾終於講出了固定臺詞以外的話。

「……是啊，沒錯。」

用不著艾絲朵爾他們特別下令，《調律者》們的使命是源於自由意志——也就是自己本身希望幫助人的想法。也正因為如此，我熟知的《名偵探》拚上性命的每一刻才會呈現出那樣無可取代的美麗模樣。這點並沒有錯。

「但是，光只會坐在王座上擺架子的你們沒有資格講那種話。」

每當世界發生危機的時候就召集《調律者》，命令《調律者》挺身奮戰直到危機解除或犧牲性命為止。像這樣為了一時的和平揮霍英雄們的生命，就是《聯邦政府》的做法。

自己待在安全的王座上，只讓《調律者》們去拋頭顱灑熱血。然後犧牲自我奮戰到底的那些正義之盾，最後連名字也沒留下就從世界消失。

「妳可記得那些人的背影？」

艾絲朵爾沒有回答。

「那天，妳人在哪裡？當名偵探不惜奉獻自己的生命達成使命的那天。當魔法少女接受自己再也無法走路的那天——說啊，妳人在哪裡？當吸血鬼迎接了那樣的結局時，妳在什麼地方看戲？」

我知道，戴著面具的高官不可能回答這個問題。

因此我並不是為了講給誰聽而如此嚷嚷。就算沒有人在意也沒關係。我只是想要把這份不講理化為聲音擠出來而已。

『對於這項問題，艾絲朵爾並不具備回答的權利。』

事到如今，憤怒也湧不上心頭。對，那種感情我早在許久以前就丟棄了。

因此我接下來講的，是未來的事情。

「艾絲朵爾，不，《聯邦政府》，別以為你們那種做法永遠都會通用。遲早會沒有人願意繼續站在你們那邊。事實上，我已經知道有那樣的存在們了。」

例如前《發明家》、前《革命家》、前《名演員（Hero）》，他們已經打算要捨棄你們《聯邦政府》。這波反叛的浪潮已經開始——而且……

「我和偵探也知道關於你們《聯邦政府》的根基——**關於《密佐耶夫聯邦》的真相**。只要我們把它公諸於世，隨時都能顛覆這個世界。」

對，從前我們調查出來的那個真相，肯定也充分足以匹敵所謂世界的祕密。如今我們和《聯邦政府》之間的勢力平衡已經不是傾向單方面。我們的槍口隨時都互相指著對方。

「總有一天，你們會變得無法再講什麼自己沒有回答權這種悠哉話。不用再過多久，你們就會自己摘下面具，自己開口懇求偵探們拯救這個世界。」

即使被我講到這種地步，艾絲朵爾依然沒有拿下自己的面具。

因此至少就現在這一刻，我尊重你們那樣的態度。

我確認一下手錶，時限到了。

「妳就繼續當個不講話的人偶，消失吧。」

下一瞬間，艾絲朵爾在我眼前腦袋分家了。

出手的是現場其中一名防毒面具人。從警告之後已經過了十分鐘。艾絲朵爾成為了第一個被殺掉的人質。

「……人偶？」

然而，不知是誰如此呢喃。

遲了一拍後，艾絲朵爾的身體癱倒下去。

她斷掉的腦袋在一旁滾動，可是沒有流出一滴血。在那裡的——一如我從途中開始產生的預感——只是一具壞掉的人偶。

「其他高官們也是一樣啊。」

打從最初，從這場典禮開始之前，這傢伙們就已經把身體替換成人偶了。躲在面具底下的本尊此時此刻肯定也在什麼地方看戲吧。只有自己避難到安全的地方，把收拾工作推給《調律者》們。

「——簡直是鬧劇一場。」

然而我最後還是沒能問出最重要的那個答案。

全身頓時感到無力的我，搖搖晃晃地坐到近處的座位上。

「君彥大人……」

諾艾爾走過來，一臉擔心地把手伸向我。

但就在輕撫我的背部之前，她似乎察覺什麼而把手縮了回去。

『進入　下一個　階段』

烏鴉面具的聲音忽然響起。舞臺上的螢幕再度映出影像。畫面中有幾百名身穿禮服或燕尾服的男女。場景是剛才舉辦過舞會的那個會場。

他們每個人臉上都帶著不安的表情……那也是當然的，因為他們跟我們一樣，被一群防毒面具人壓制了。

「……！爺爺大人……！」

諾艾爾從畫面中找到布魯諾。渚也在他旁邊。他們大概是逃出這個大廳後被抓到的。既然如此，代表部署在宮殿裡的《黑衣人》們應該也被那群防毒面具人擊敗了。

「連希耶絲塔大人也是……」

望著螢幕的諾艾爾又找到另一位偵探的身影，目瞪口呆地呢喃。

而且就影像中看起來，滑膛槍不在她手上。被那些持有重火力武器的敵人們包圍下，想必她也難以靠徒手空拳抵抗吧。再加上人質數量這麼多，使狀況更加糟糕了。

『接下來　我們會　爆破這間大廳』

敵人就這樣又給了我們十分鐘後，切斷影像。

下次可不只是殺掉高官一個人就能了事。要是《聯邦政府》隱瞞的那項所謂世界的祕密沒有被揭發出來，在那會場的所有人都會死。《名偵探》也是、《巫女》也是、《魔法少女》也是、《情報屋》也是，大家都——

「已經沒時間了。」

把剩下的王牌打出去的時機恐怕只有現在。

我望著前方，輕聲對一旁低著頭的少女說道：

「從裝了炸彈的列車看到的景象，果然一點也不漂亮是吧，諾艾爾。」

◇潘朵拉的盒子與世界的禁忌

『接下來　我們會　爆破這間大廳』

敵人詭異的聲音在當成舞會會場的這間大廳中迴盪。

這段聲明雖然導致會場中一片譁然，但包圍著我們的防毒面具集團舉起機關槍，使大家又安靜下來。

幾十分鐘前，在《聖還之儀》的典禮中發生了以巫女為目標的槍擊事件。我們這些典禮的參加人員雖然多數逃出了現場，可是後來又被部署在宮殿各處的防毒面具人們抓住，集中到這間大廳來。然後直到此刻都在敵人的指示下待在這裡無法亂動的我們，完全就是落入恐怖組織手中的人質。

在我附近看不到米亞與莉露，也看不到希耶絲塔的身影。君彥現在也應該還留在那間舉辦典禮的大廳。既然如此，現在必須由我在這個地方負責自己該做的工作——因此……

「還好您在我的近處呢，布魯諾先生。」

我用不會讓那些防毒面具人聽見的聲音，對我旁邊的老紳士說道。

「不，覺得慶幸的人應該是我啊，《名偵探》小姐。」

布魯諾先生揚起白鬚下的嘴角，對我微笑。

他那彷彿能夠包容一切的大方態度，讓我的心稍微平靜下來了。

「很抱歉。」

布魯諾先生接著用溫和的聲音這麼表示。

「我明知自己有可能被什麼人盯上性命，卻因為使命感而沒能婉拒出席典禮。而且面對《未知危機》，我也沒能準備什麼對策，結果就像這樣落在敵人手中了。」

實在很沒用啊——布魯諾先生如此表達歉意。

「請不要道歉呀。要這樣講的話，我和希耶絲塔做為《名偵探》也沒能在事前阻止這場危機發生。大家都有責任。」

所以這肯定不是誰對誰錯的問題。

大家都想做出正確的行動，現在也為此努力掙扎——應該這樣講才對。

因此我為了自己的正確性，對布魯諾先生問道：

「布魯諾先生，關於《未踏聖境》(Another Eden)的事情，或者關於《聯邦政府》隱瞞的祕密，請問您實際上瞭解到什麼程度？」

對方抽一口氣，表現霎時的沉默。

布魯諾先生什麼也做不到就輸給了敵人？身為世界之智的他對於敵人的真面目以及這個世界隱藏的祕密完全沒有頭緒？——這是不可能的事情。

然而他此刻卻在這裡乖乖任由擺布的理由究竟是……

「您果然還是無法回答嗎？因為那是可能破壞世界平衡的情報。」

從以前開始，《情報屋》布魯諾．貝爾蒙多就堅決不把自己那些有時候可能比任何兵器都更有威脅性的知識分享給他人。

如今他雖然已經不是《調律者》，也依舊堅守著那份哲學與態度——即便在這樣的狀況，不，正因為是這樣的狀況吧。《情報屋》無時無刻都在維持著天平的平衡。

「布魯諾先生，拜託您。現在您的知識或許可以拯救許多性命呀。」

假如說布魯諾．貝爾蒙多至今依然糾結於做為《調律者》的處事態度，那麼我也……我也要再一次做為《名偵探》說服《情報屋》。而且……

「您內心就是在期待我們能夠把這些事情問出來的，不是嗎？」

歸根究柢，當初想要讓我恢復為《名偵探》的不是別人，就是布魯諾先生自己。兩週前他到訪我們的偵探事務所，希望我們恢復為《名偵探》的時候就有說過——自己能做的事情有限，所以要增加同志。

「忘記是什麼時候了，有一位偵探少女來拜託過我事情。」

布魯諾先生這時感到懷念似地開口說道。

「世界上存在有所謂絕對的禁忌，那是絕對不能被人打開的潘朵拉之盒，是會為世界帶來災禍的封印之柩。但從前的我卻無論如何都想要知道它。不，認為自己必須知道才行。」

做為體現世界之智的《情報屋》——布魯諾先生接著這麼表示。

「有一天，出現了一名跟我懷抱同樣心志的人物。雖然身為《情報屋》的我終究只是一座資料庫，不過那男人正是以我這個資料庫為基礎實際做出行動的人——」

「——《名偵探》？」

我如此詢問後，布魯諾先生用沉默表示肯定。

那就是《情報屋》與《名偵探》的職責分配與相互作用。

自古以來，他們就是靠這樣攜手達成使命。

「然而將潘朵拉之盒強硬打開的他，接觸到世界的禁忌，最終喪命了。」

布魯諾先生口中的「他」就是指過去的《名偵探》。

也就是對我和希耶絲塔來說的前代。

「布魯諾先生有從《名偵探》那裡聽到答案……聽到那個禁忌嗎？」

對於我這個問題，布魯諾先生閉口不答。

難道這次真的是連《情報屋》也不知道嗎？

「唯一可以確定的是，潘朵拉之盒現在依然沉眠於世界的某個地方。」

「而裝在那盒子中的，就是《未踏聖境》(Another Eden)的使者口中所謂世界的祕密嗎？而《聯邦政府》在管理那個東西？」

我接著這麼詢問，而布魯諾先生準備開口的時候……

防毒面具人手中的槍忽然抵到他背上。

「布魯諾先生……！」

相較於驚慌的我，布魯諾先生則是輕輕舉起雙手，表現自己不會抵抗的態度。

他接著又咧嘴一笑，對防毒面具人問了一句：「找我有什麼事嗎？」

世界之智不久將亡。

白銀偵探事務所收到那封信的內容閃過我的腦海。

布魯諾先生就這樣被槍口抵著，讓防毒面具人不知帶往何處。

「別擔心。」

他臨走時對我微笑說道：

「無論什麼時代，我都相信著《名偵探》。」

◆我唯一想要知道的事情

——從裝了炸彈的列車看到的景象，果然一點也不漂亮是吧。

對於我講的這句話，諾艾爾並沒有裝傻回應「請問你在講什麼」之類的話。

該來的話題終於還是來了——她只是深深體會著這點，緊閉雙脣。

「妳其實也早就知道會發生這樣的事態吧？」

「是的，畢竟《未踏聖境》的使者會來襲的事情，他們自己在事前就有預告過了……然後爺爺大人會被捲入其中的可能性也是。」

對，沒錯。大約兩週前，諾艾爾和布魯諾一起告知了我們在這場《聖還之儀》中可能發生的危機——然而……

「但是在那之後，將『世界之智不久將亡』的信寄到我們事務所的人是妳——諾艾爾對不對？」

我們兩人之間陷入沉默。

大廳中依舊持續吵雜，其中對於不在現場的《聯邦政府》高官們做彈劾的聲音也很多。反過來講，也表示沒有人在聽我們之間的對話。

「請問君彥大人為什麼會認為，是我把那樣有如犯人寫的信件寄到白銀偵探事務所的呢？」

「對於一直像在監視著我們的人物多少抱持懷疑，也是理所當然的事情吧？」

「…………」

對我這樣直接的反擊，諾艾爾的臉色沒有任何改變的跡象。不過那當然也不表示她就承認了我剛才的發言。

「諾艾爾，妳應該從昨天就一直在監視我們。到機場迎接我，招待我們搭渡輪，後來又繼續調查我們的動向。」

「做為《聯邦政府》的人，負責招待典禮來賓的偵探大人與助手大人是理所當然的工作。」

「但莉露和米亞都說她們並沒有受到政府派人招待喔？妳想必是抱著某種明確的目的與我們接觸才對。」

「……那是因為，我希望也能和各位商量關於爺爺大人會面臨危機的事情。」

「對，講到布魯諾。昨天晚上，我和布魯諾兩人私下見過面，但**妳是聽誰告訴妳這件事的？**」

今天前來會場的車上，諾艾爾對我問了一聲「昨晚是否有睡好」之類的話題，並且在對話中說過：

『請問你跟爺爺大人又見了一面是吧？』

然而我並沒有把那場會談的事情告訴過她。那本來應該是她不可能知道的情報——除非她有在監視或竊聽我的行動。

「那是昨晚爺爺大人告訴我的。他說和君彥大人見面談了些話。」

「不可能。那位《情報屋》肯定不會那麼輕易就違背約定洩漏情報才對。」

即便對象是自己的孫女，布魯諾也不會犯下那樣的錯誤。昨晚那是私下祕密聯絡而約定的會談。而且我還特別跟布魯諾說過，假如有諾艾爾在場或許有些話不好講。他不可能不明白其中的意思。

「諾艾爾，妳看這個。」

彷彿算準時機似的，我的手機這時收到一封郵件，在附加檔案的地方貼有圖片。

「這是竊聽器的照片。是在我、希耶絲塔和渚下榻的飯店房間中找到的。」

當然，那是諾艾爾為我們準備的房間。而房間中竟然找出了這種東西的意義，只有一種可能。

「……為什麼會在這個時候？」

「其實我們本來是想自己找的，但畢竟房間裡也有被裝設監視攝影機的可能性，所以我們無法貿然做出像在找竊聽器之類的可疑行動。」

所以到現在我才總算獲得了證據。對於藉由引以為傲的洞察能力找出這東西的某位偶像少女，或許我事後有必要聽她盡情提出任性的要求吧。她明天即將舉辦的海外公演舞臺剛好就在法國這裡，真是太幸運了。

「還有這個也是。那是我昨晚穿的大衣上被偷裝的小型竊聽器。」

我將齋川追加寄來的圖片拿給諾艾爾看。

「這本來是收在我旅行箱裡的東西。果然在機場被動了手腳啊。」

我才想說為什麼只有我的行李那麼晚出來。代表我從那時候就已經被設下機關了。

「……明明有察覺到這件事，君彥大人卻還是穿上了那件大衣嗎？」

「當時我頂多只是認為有這樣的可能性而已。但我昨晚在公園和渚見面的時候，故意講了布魯諾的事情。而妳就是竊聽到我們那段對話吧？」

自從我、希耶絲塔和渚抵達法國之後……不，真要講起來應該是從搭上班機的時候開始，我們就隨時在懷疑自己遭到監視或竊聽的可能性。因此在跟諾艾爾的對話中我也定期設下了陷阱，和偵探們在飯店開作戰會議的時候也假裝在玩手機，實際上透過郵件訊息對話。

「可是那在邏輯上很奇怪。假設我真的在監視各位，但君彥大人還沒解釋你會開始懷疑我可能做出那種行為的契機。」

「我們懷疑的對象不是只有妳。」

諾艾爾驚訝地注視著我的臉。

「我們打從一開始就沒有信任過任何人。就算表面上互相閒扯、說笑，我們內心也隨時都在懷疑、觀察、衡量眼前正在發生的事情。這就是偵探的工作，是我們的做事方式。」

與其懷疑別人不如自己上當還比較好——我們也曾有一段時期抱著這樣的想法。以前的渚尤其是那樣類型的人。然而經歷過各種事件與戰鬥，我們明白了光靠這樣是無法拯救別人的。幫助人所必要的，不是純真的想法。

因此我現在是這麼想的：與其相信別人不如騙過對方比較好。當想要拯救更多的存在時，我們是偵探的同時也會成為詐欺師。

「諾艾爾，把妳隱瞞的事情老實告訴我吧。」

這下能出的牌都出完了。我……不，應該說原本是在希耶絲塔的提議下準備的客觀證據就是這些。但願諾艾爾可以就此被折服。

「還沒。」

她輕輕搖頭。

「我承認自己在監視各位的事情。但就算這樣，也不表示我一定就是把那封有如犯人寫的信寄到白銀偵探事務所的人物。請問君彥大人為何能夠斷定我跟這次的事件有關係呢？」

……嗯，說得對。講完證據接著就是動機。所以接下來我要藉助於第二位偵探——渚的力量。只要靠話語中帶有力量的她，肯定能夠說服對方吧。

「很抱歉了，我們沒能接受妳的委託。」

諾艾爾頓時睜大眼睛。

「世界之智不久將亡——只要這樣說，名偵探想必就會為了保護布魯諾而有所行動。妳是這樣想的對吧？」

換言之，那封信並不是犯案預告，而是對偵探的委託書。是諾艾爾希望我們從敵人手中保護世界之智的心願。

比起只是單純委託我們保護布魯諾，假裝事態更加急迫應該能夠更有效率地推動我們——諾艾爾恐怕是這麼判斷的。

「而且妳又進一步利用了我們的行動。認為只要這麼做，偵探就肯定會**把護衛對象布魯諾．貝爾蒙多的事情徹底調查清楚**。然後這才是妳真正的目的。」

對，諾艾爾是希望讓偵探去調查關於布魯諾的事情。她是因為想要知道那些，才把那封信寄到白銀偵探事務所的。

「用不著委託偵探我也知道呀。關於爺爺大人的事情，我什麼都清楚。」

「不，就算是妳，關於布魯諾也有不知道的事情。」

那是一直以來封印在諾艾爾內心深處的某項疑問。

但她現在終於觸碰了那個黑盒子。

「為什麼布魯諾．貝爾蒙多當年會收養自己？然後在過了十年多的時候又解除了這份關係？這就是妳想知道的事情。」

諾艾爾低下頭，讓灰色的長髮遮住了她的側臉。

接下來要講的內容，可能也混雜我個人的主觀。但我還是聲明希望她當成一種假說聽下去，而開始說明：

「諾艾爾，妳在大約兩週前得知《未踏聖境(Another Eden)》的使者們，企圖要把《聯邦政府》所保護的世界的祕密揭發出來的事情。」

不過關於《聯邦政府》在管理那種機密情報的這件事本身，恐怕諾艾爾從以前就察覺到了。她自己昨天也跟我提過，有那樣的謠言在流傳。

「而妳在這時想到了，自己也可以利用這個事態，去得知《聯邦政府》隱藏的祕密真正的內容。」

「為了什麼？我是由於世襲制度被迫承接了這份工作，但我個人對於那樣的機密事項並沒有興趣呀。」

嗯，這或許是她的真心話。對於自己擔任高官的職位，以及回到貴族祿普懷茲家的事情，我也不認為諾艾爾感到引以為傲。

但取而代之地，她心中存在著另一種難以抗拒的感情。

「可是諾艾爾，妳應該不可能連布魯諾的事情也沒興趣才對。」

聽到我這麼說，諾艾爾用力閉起眼睛。

「妳對於自己和布魯諾之間每個月一次的聚餐一直抱持著疑問。為什麼他在解除了收養關係之後，現在依然會跟自己見面？其中是不是有什麼別的目的存在？例如說——**布魯諾會不會是想要知道《聯邦政府》所管理的世界之祕，所以在跟自己探口風？**」

而那個世界的祕密或許就是連結貝爾蒙多家與祿普懷茲家的鎖鍊，是布魯諾會收養自己為孫女的理由——諾艾爾建立了這樣的假說。換言之，她推測布魯諾搞不好是藉由把將來有一天可能會成為政府高官的自己買下來，企圖接近世界的祕密。

諾艾爾當時由於是情婦生的小孩而受到一家人疏遠。而布魯諾出面表示想要收養那樣的諾艾爾，祿普懷茲家自然沒有拒絕的理由。

另外，布魯諾透過某種理由早已知道——在不久的將來，祿普懷茲家會失去繼承人。因此諾艾爾會坐上《聯邦政府》高官的職位，也能接近世界的祕密。

「……你意思是說，我一直在懷疑爺爺大人的愛嗎？」

沒錯。從出生以來都不知愛為何物的少女，對於自己唐突獲得的愛忍不住尋找理由，一直恐懼著那份愛的背後是不是有什麼內情，所以現在……

「妳利用了這次剛好發生的危機。認為只要藉機揭發所謂世界的祕密，或許也能明白布魯諾真正的意圖。」

「……並沒有、那種事。至少我一點都沒有期望過現在這種狀況。所以我才會……！」

諾艾爾忍住聲音，但依然把真切的感情吐露出來。

我輕輕握住她的手。

「對，所以我現在必須跟妳道歉。其實妳希望事情能夠更早獲得解決對吧？畢竟妳一直對我們……對偵探們提出委託。希望我們去調查布魯諾的事情，然後從危機中保護他。」

諾艾爾的肩膀用力抖了一下。

「很抱歉，沒能幫上妳的忙。」

從諾艾爾的立場來看，她明明從很早之前就播下種子了，我們卻遲遲沒有交出她期待的結果，肯定讓她心急如焚吧。我們抵達法國之後她也持續監視和竊聽，卻依然沒有獲得自己想要的情報。

然後到典禮當天，雖然並非出自情願，但諾艾爾還是決定祭出最終手段了。也就是把自己一直以來的心願託付給了事件的幕後黑手。

「諾艾爾，拜託妳提供協助吧。妳的心願，我們之後一定會幫妳實現。所以現在如果妳還知道其他什麼事情，就告訴我。其實妳對這起事件的真相也已經隱約察覺到了吧？」

我們現在還不知道《聯邦政府》隱藏的世界的祕密是什麼，關於《未踏聖境》（Another Eden）的使者們也不知道真面目。《原典》沒有讓我看到這些未來。

其實我們為了知道一切的真相，至今也有試探過諾艾爾的反應。但是無論我們再怎麼不順著她的意思行動，唯獨這項情報她始終沒有透露過。她會隱瞞到那種地步的情報究竟是——

「我認輸。我願意回答一切。」

承認我這段假說的諾艾爾，聲音中含著淚說道：

「我其實有察覺到引發這場危機真正的幕後黑手是誰。」

就在這時，傳來「砰！」的巨大聲響。

大廳前方的入口門被推開，走進兩個人物。首先是手持槍械的防毒面具人，再來是被那槍口抵著背部的一名老翁。

「……布魯諾？」

表情僵硬的《情報屋》和防毒面具人一起緩緩走上舞臺。

接著，他們在祭壇上轉向正面。

「我本來認為已經給予充分的時間了，但還是沒有人交出答案嗎？」

發出聲音的不是防毒面具人。

那傢伙已經把槍放下，站到一旁。

「拜託你，君彥大人。」

諾艾爾用顫抖的聲音向我求助。

「請你阻止爺爺大人吧。」

緊接著，身為世界之智的《情報屋》布魯諾‧貝爾蒙多**拔出一把手槍射殺了站在近處的政府高官人偶，並開口說道：**

「你們不認為人類差不多該清醒過來了嗎？——從這種將就的和平中。」

◆反叛的調律

對於站在祭壇中心的布魯諾‧貝爾蒙多，整個會場中的防毒面具人都一起鞠躬低頭。這座宮殿的支配者究竟是誰，已經一目了然。

「……我們也隱約猜到可能是你了。」

當我們察覺是諾艾爾匿名向白銀偵探事務所提出「希望你們保護世界之智」的委託時，也同時想到布魯諾就是幕後黑手的可能性。

換言之，諾艾爾的意思或許不是要我們保護可能成為受害者的布魯諾，而是希望我們阻止讓布魯諾成為加害者的未來。只是我們直到最後都不願相信這點。

相對地，大廳裡的眾人由於出乎預料的幕後黑手突然登場而騷動不息。在這樣的狀況中，我獨自站起身子。

結果一旁的防毒面具人立刻把槍口舉向我，但布魯諾做出手勢讓那傢伙暫時放下了武器。看來對方有意跟我對話的樣子。

「布魯諾・貝爾蒙多，你究竟是何方神聖？」

現在偵探不在場，因此詢問這點就成了我的工作。

「你和《未踏聖境(Another Eden)》之間到底有什麼關係？你引發這樣的恐怖行動是為了什麼目的？」

我至今接觸過幾次的烏鴉面具人，以及在這裡的防毒面具人集團，應該都是《未踏聖境》的人。既然如此，站在他們上頭指揮的布魯諾・貝爾蒙多這個男人究竟是什麼存在？

「我們不是來自聖境的人。」

然而，從布魯諾口中說出來的，卻是這樣出乎預料的發言。不只是布魯諾自身而已，站在這裡的所有人竟然都是跟《未踏聖境》無關的人物。

「到底怎麼回事？難道《未踏聖境》這個存在本身就是你捏造出來的？」

不，這不可能。《聯邦政府》據說自古以來就有收到來自《未踏聖境》的接觸。我記得希耶絲塔也提過她聽說這樣的事情。

「《未踏聖境》確實存在於這個世界，或者這個宇宙的某個地方。我們這次只不過是拿來模仿罷了。」

「意思說你們只是在假借《未踏聖境》的名義而已？為什麼要這樣做？」

「我們的目的，應該已經向你們說明過很多次了吧。」

……對，說得沒錯。將《聯邦政府》祕密管理的「某個東西」的真相揭發出來並且搶奪。那就是這群傢伙……就是布魯諾的犯案動機。

「所以十年前，你才會試圖接近和《聯邦政府》有緊密關係的祿普懷茲家嗎？」

然後他將當時只有五歲的諾艾爾收養為自己家的孩子。預期她總有一天會成為《聯邦政府》的高官，接近世界的祕密。

「很好的推理。」

站在臺上的布魯諾捻著鬍鬚，低頭望向我。

接著，他又看向我旁邊依然坐在位子上的諾艾爾。

「我長年來不斷等待這孩子靠近世界的中樞。就這樣到了三年前，祿普懷茲家的當家驟逝，而且應該是下任當家候補的長男又下落不明，讓機會總算到來。然後一如我的預期，這孩子繼承了《聯邦政府》高官的職位。」

但是——布魯諾說著，眼中流露出失望的神情。

「後來的發展卻不如我的預期。透過世襲制度湊合當上高官的她，卻遲遲沒有接近世界中樞的跡象。即便如此，我還是等了兩年，卻終究徒勞無功。」

聽到布魯諾這段話，諾艾爾低下了頭。她的肩膀看起來正在顫抖。

「所以爺爺大人一年前才會放棄了我……」

接下來的內容不用說也知道了。期待落空的布魯諾解除了和諾艾爾的收養關係，因為他認為諾艾爾既然無法成為知道世界之祕的立場，就沒有用處了。

「於是過了一年後，我決定實行這項計畫。在盡可能接近世界中樞的人物們聚集的這場《聖還之儀》上，問出世界之祕的真相與下落——但現在看起來，這裡也沒有人知道答案的樣子。」

布魯諾再度用失意的眼神環視大廳。即便把《聯邦政府》的相關人物、前《調律者》們以及各國重要人物聚集起來威嚇脅迫，能夠實現他目的的人物終究沒有現身。

「然而也不是完全沒有收穫。戴面具的高官們用假人偶當幌子逃走了，可見那些傢伙果然知道答案沒有錯。」

因此我們要進軍——布魯諾猶如向世界宣戰似地如此說道。

「你要把不知逃到什麼地方的艾絲朵爾那群人找出來？直到你們達成目的為止

都要繼續搞這種恐怖行動？——太亂來了吧。現在做到這種地步，《聯邦政府》無疑會把你認定為《世界之敵》。這個世界不會放過布魯諾・貝爾蒙多的。」

至少我所熟知的名偵探絕對會逮捕你。

布魯諾・貝爾蒙多的目的不可能會實現。

「得到答案的人，即便不是我也沒關係。」

然而布魯諾卻彷彿望著遠方說道。

「只要有誰能夠抵達那裡就行。只要世界能回想起這點就足夠了。就算我衰敗於此，一度點燃的反叛之火也不會熄滅。」

布魯諾這段發言，正是我自己剛才也對《聯邦政府》主張過的事情。對於總是坐在安全的王座上看戲的高官們展開反叛的局勢已經逐漸升溫。例如《發明家》、《革命家》與《名演員(Hero)》都早已準備捨棄《聯邦政府》了。

「……原來如此，史蒂芬那群人也全都是你的同志啊。」

在另一個未來中我果然還是被欺騙了。那個烏鴉面具人也好，史蒂芬也好，還有布魯諾，他們所有人的目的都一樣。搶奪《原典》也好，襲擊《聖還之儀》也好，這些全部都是對《聯邦政府》這個組織與秩序發動的造反……但假如這樣……

「究竟是什麼迫使你們做到如此地步？為什麼你會這麼想要反叛《聯邦政府》？」

我也同樣對於艾絲朵爾那群政府人員懷恨在心。我可以理解他們對《聯邦政府》抱著難忍的憤怒。但布魯諾站在臺上提出的主張之中，感覺還帶有跟我不同的另一種感情。

「因為你想知道《聯邦政府》管理的所謂世界的祕密嗎？那應該不是單純基於你身為前《情報屋》的求知慾吧？知道了那個祕密又能如何？」

已經退休的《情報屋》會不惜這樣把許多人捲入危險之中、也想知道的世界之祕究竟是什麼？布魯諾．貝爾蒙多即便讓自己成為《世界之敵》，即便犧牲一切也想要實現的真正心願到底是——

「事到如今，你還想裝作不知情嗎？」

布魯諾的反應出乎我的預料。

那與其說懷抱猜疑，看起來甚至很憤怒。簡直就像在指控我試圖轉移回答的重點，想要蒙蔽敷衍什麼一樣。

「為什麼沒有人知道？為什麼沒有人記得？為什麼世界遺忘了這個詞？講到世界的祕密，不就只有一個東西了嗎？」

瞪大眼睛的布魯諾．貝爾蒙多再度用力握槍，憤怒大叫：

『就是《聯邦政府》不斷隱藏，就連身為《情報屋》的我也沒能抵達的世界禁忌——《虛空曆錄（Akashic records）》啊！』

會場陷入完全的沉默。

每個人都聽到布魯諾的發言，咀嚼他話中的意思。

到我接下來開口發言之前，經過了一段連我自己都覺得非常漫長，有如永遠般的時間。但這也是沒辦法的事情吧。因為……

「Akashic records……究竟是什麼？」

我不管怎麼思考都覺得這是很陌生的詞彙。諾艾爾也一臉困惑地搖著頭。

就概念上來講，我多多少少知道一點意思。

印象中……那是指地球，或者宇宙從起始以來的紀錄，也就是這個世界本身的記憶。然而我腦中浮現不出一個有意義的具體形象。

「你是為了知道那個所謂Akashic records的真面目，而引起了這次的事件嗎？」

我在依然不太能夠理解的狀態下如此反問，並看向布魯諾的臉。

既不是無奈，也不是驚訝。布魯諾的表情寫的是絕望。

「我再問你。」

即便如此，他依然睜著眼睛又提出問題。

「身為拯救世界之盾的《調律者》全部有幾個人？」

「不是十一人嗎？」

「那麼《特異點》這個詞，你可有聽過？」

「……？是數學還是什麼學問的專業術語嗎？」

「這樣啊。夠了。」

此時，把槍放下的布魯諾已經沒有看著我。

「——果然，這個世界到此為止了。」

那麼他那雙慧眼現在究竟注視著什麼？我突然感到恐怖起來。

「你說得沒錯，我在不久後將會受罰。既然如此，乾脆在這裡完成自己最後的使命吧。」

後來隔了一小段沉默，布魯諾重新把視線轉向我。接著說了一句：「因此，接下來是警告了。」

下個瞬間，螢幕上映出新的影像。

是分割成十六等分的畫面，各自映出被頭戴防毒面具的人舉槍或刀劍抵著身體的世界各國首腦們。

「這個世界現在，根本不是什麼和平狀態，危機根本沒有結束。可是卻沉浸在和平中缺乏危機意識的全人類們，我在此宣告。」

布魯諾如此表示。對，他說這是警告。

「此刻，我要化身罪惡，調律這個世界。」

◆追求正義的意志

下個瞬間，會場中幾十名的防毒面具人又重新把槍械舉起來。

「……布魯諾，你到底在想什麼？」

他引發這次事件的動機，本來應該是想知道《聯邦政府》隱瞞的世界之祕。但他一看那心願無法實現，就將行動移轉為非常清楚的恐怖行動。既然他配置了這麼多特務隊員在世界各地，代表他也有預期到事情可能變成這樣嗎？不管怎麼說，現在布魯諾要做的事情等於就是……

「你難道真的打算就這樣成為《世界之敵》嗎？」

布魯諾・貝爾蒙多做為一名《調律者》，一直以來都把維持世界平衡放在最優先考量。當世界將要落入巨惡之手的時候，他比任何人都率先扮演正義使者守護這個世界。然而他剛才卻表示，自己要化身罪惡調律這個世界。

「邪惡並不一定都來自世界的外側。」

布魯諾說著，用手槍指向自己的左胸。

「邪惡一直都在這裡。」

忘了是什麼時候，以前好像也有個人講過類似的話。

那傢伙是敵人。從前我和偵探聯手，和那個男人交戰過。

——男人？——那男人是誰？

「我問各位。現在的世界真的和平嗎？」

不知不覺間，螢幕上映出一片廣大的森林在燃燒的影像。那是什麼電影情節嗎？還是從前實際發生過的自然災害？接著螢幕上又映出不同的景象，是一般稱為貧民區的地方。一名瘦小的女孩子正在從滿溢到路上的垃圾堆中翻找食物。

「這些都是現在，我們的鄰人們面臨的危機。」

畫面再度切換。戰車的砲聲響起。士兵們在紛爭地區賭上性命交戰。那不是電影，不是過去的影像，都是此時此刻在世界某個角落中的現實。

「這些事態，跟我們《調律者》們至今對付過的災禍相比起來，或許還稱不上是《世界危機》。但至少我不會將這樣的世界說是和平的。然後這些如今依然在燃燒的小火苗，總有一天又會導致真正的《世界危機》。」

對。本來災禍並沒有所謂是大是小的指標。此時此刻，這個世界上依然有災害或紛爭發生。

史蒂芬說過他如今依然身為醫師，在拯救戰地中受傷的人們。夏露之前描述過她身為特務的經驗談，搞不好其實並不是過去的事情。然後海拉也對我問過——世界上真的已經沒有在哭泣的女孩子了嗎？

所以說，身為世界之智的布魯諾．貝爾蒙多提出警告：

「信仰將就的和平，放棄力量的我們，在不久的將來肯定會敗給再度來臨的真正災禍。」

那就是他讓自己淪為罪惡的理由。

原本是正義象徵的自己，現在成為對世界來說的巨大邪惡維持平衡——進行調律。

為了讓過度沉浸於名為和平的溫吞安逸之中的人類，不要遺忘邪惡的存在。

「所以你們試圖讓這場和平的典禮失敗嗎？」

假如《聖還之儀》順利結束，挺身對抗災禍的《調律者》就會消失了。因此布魯諾他們才會襲擊儀式，想要盜走《原典》。換言之，他們並非真心想要獲得《原典》本身。他們最重要的目的是讓《聖還之儀》失敗，使得《調律者》們今後依舊繼續背負使命。

「為了達成那樣的目的，即使與現今存在的正義為敵也在所不惜嗎？」

「我們的槍口所指的敵人，只有與我們的理想相反的正義。」

……啊啊，到頭來還是回歸到這個問題嗎？完全的正義與將就的和平。布魯諾信奉前者，而我和米亞寄望於後者。布魯諾為了讓世界實現他那樣沒有一絲汙點的正義，自己化身為邪惡站到了我們面前。

「具備特殊力量的存在，應該將那份力量用來貢獻世界。這不是權利，是義務。」

「你的意思是叫《調律者》們到死為止，一輩子背負那份使命嗎？」

「沒錯，唯有在這點上，我和至今的《聯邦政府》思想一致。」

布魯諾站在這座正義的舞臺上，對全世界的同志宣告：

「站起來吧，同志們。拿起你們的劍，舉起你們的槍。打擊邪惡，將我毀滅。直至命喪人亡，永遠維護正義吧。」

——什麼也沒錯。

布魯諾做為一名《調律者》，什麼都沒有錯。我由衷如此認為。

這不是說我聽完他剛才那段發表而被感化。我其實從以前就知道那樣的思考方式了。某位在我身邊的人物，教導了我做為正義的哲學。

沒錯，那女孩——希耶絲塔也是一樣。

與布魯諾同為正義之盾的她，在與我初次相遇時就說過：自己體內深植有助人的ＤＮＡ。希耶絲塔當時稱它為名偵探的體質。那想必是正確的。做為世界守護者的《調律者》，那肯定是很正確的態度吧。

——但就算這樣……

「為什麼讓世界和平就一定要有正義犧牲？」

為什麼只有希耶絲塔、只有夏凪渚，只有努力貫徹正義的人要迎接悲劇結局才行？所以我那天才會重新來過，試圖顛覆《聖典》所決定的未來。不惜否定《名偵探》的正義，也要追求不同的結局（路線）。

現在也是一樣。靠《原典》也好，靠什麼都好，只要有能夠拯救偵探們的方法，無論幾次我都會重新來過。我期望的並不多，只要讓她們可以和平地喝紅茶、享用蘋果派的日常生活就好。

「布魯諾，你不認為抱著那種彌賽亞情結以為自己拯救了世界，才真正是對正義的放棄嗎？」

基於某個人英雄式的犧牲而成立的和平會受到讚揚——那種事情只要存在於童話故事中就足夠了。

「那麼你要繼續這樣沉浸於將就的和平世界嗎？」

那也無妨——布魯諾如此呢喃，但眼神中還是流露出失望。

「如果那樣虛偽的正義，有辦法阻止邪惡的話。」

他說著，放開了握在手中的槍。取而代之從衣服中掏出來的——是一個紅色按鈕。那究竟代表什麼意義，在場的所有人都瞬間理解了。

「爺爺大人！請住手！」

諾艾爾表情痛切地想要制止他。

螢幕上映出舉辦舞會的大廳。有幾百名人質留在那裡。布魯諾準備引爆裝設在那裡的炸彈。

「對難受的現實閉目逃避的人，沒有資格作幸福的美夢。」

瞪大眼睛的布魯諾放聲主張，並且把手指伸向按鈕。

「是啊，你說得對。我錯了。」

聽到我這麼說，布魯諾一時停下動作。

對，我有察覺自己的錯誤。我抱著自私的心態。想要讓希耶絲塔和渚從《調律者》畢業。而結果就是那段第一次的未來。我只不過是她們的助手，本來不應該有那樣的權利。

「要不做錯事，真難啊。」

現在不是自嘲的時候。我只是當成一件事實，深切體認。不做錯事，有時候比做正確的事還要難。然而這點想必不只是我而已。

米亞也是，諾艾爾也是，或者布魯諾也是。大家都抱著祕密，做出某種選擇出席了這場典禮。然後大家都正確，但大家也都錯了。

即便如此，唯有一件事情非常確定。

現在的我也有唯一可以相信的存在。

我將這點當成是對布魯諾剛才那個問題的回答，開口說道：

「既然無論我還是你都錯了，就一起接受糾正吧——被那位偵探。」

畢竟昨天晚上，世界之智應該也在期望這點才對。

「布魯諾先生，即便如此，我也不認為您的正義完全是錯誤的。」

那聲音從我們頭頂上傳來。我抬頭，看到一片星空。大廳屋頂不知不覺間被打開了。剛才不曉得是躲在哪裡的講話者——白髮的名偵探跳落到我面前背對著我。

「為何妳現在會在這裡……？」

相對地，布魯諾彷彿在作夢般目瞪口呆地呢喃。

他會如此驚訝，或者說如此鬆懈大意也是當然的。因為在映出舞會大廳的螢幕上，同樣可以看到白髮名偵探的身影。

「你都沒發現啊——從舞會結束到《聖還之儀》開始的那段時間中，**有著同一張臉的偵探和女僕互相掉包了**。」

而女僕從這間會場逃出去後，本尊依然躲在什麼地方一直偷偷窺探著這間大廳裡的狀況。為了做好萬全的準備，結束這一切。

「諾契絲，妳留下來的東西，就借用一下啦。」

我看到希耶絲塔往前衝刺，於是把白髮女僕藏到座位底下留下來的禮物拿出來，然後……

「希耶絲塔！接著！」

我使出渾身力氣，將那把滑膛槍擲向正在奔馳的希耶絲塔。

「這樣就好了。」

騙人的。其實我有稍微猶豫一下。

但希耶絲塔，妳果然還是適合那把槍啊。

因為甩開幸福的美夢，捨棄平靜的日常，一分一秒活得如風一樣的偵探，看起來比誰都尊貴、無常，然後——美麗啊。

「希耶絲塔，妳應該要恢復為《名偵探》才對。」

將我擲出的槍接在手中的希耶絲塔緊接著把槍舉向正面。

「助手，幹得好呀。」

我有一種感覺，現在終於結束對未來的選擇了。

「——！」

布魯諾的表情些許扭曲。

希耶絲塔射出的子彈擊飛了他握在手上的按鈕。

「……這樣啊，名偵探。妳願意跟我跳一場死亡的華爾滋嗎？」

布魯諾緊接著朝跳上舞臺的希耶絲塔伸出右手。

「布魯諾先生？」

希耶絲塔一時無法理解對方那副微笑的意義而皺起眉頭，然後察覺了。

「不要按下按鈕！」

她焦急地轉回頭如此大叫。

如果要說裝設在會場的炸彈，她剛才不是已經——

——原來如此，錯了。**是埋在布魯諾體內的膠囊炸彈啊**。

以前我聽希耶絲塔說過。《情報屋》為了防止自己萬一落入敵對組織手中遭受拷問而把自己掌握的情報洩漏出去，有在體內埋藏炸彈並且把引爆按鈕交給別人掌管。然後掌管那個按鈕的存在就是……

「……！原來如此！**在這裡的防毒面具人全都是前《黑衣人》**嗎！」

這些人和布魯諾同樣曾經是《調律者》的一部分，是至今依然對《情報屋》的理念繼續遵從的同志。

會場中的防毒面具人們各自都從懷中拿出紅色的按鈕。掌控布魯諾生命期限的不只一個人。他們全部是同一個組織——黑衣人。不管用上什麼手法，都沒辦法同時從他們所有人手中奪走引爆按鈕。

布魯諾．貝爾蒙多現在打算讓自己在最後做為一個邪惡存在凋落生命。

「希耶絲塔，快逃！」

因此我頂多能做的，就是讓還在那裡的希耶絲塔逃跑。

——然而……

「為什麼？為何會這樣？」

困惑得讓聲音顫抖的人，卻是布魯諾．貝爾蒙多。

不過這也不怪他。因為在會場中的防毒面具人——也就是《黑衣人》們大家都將握著按鈕的手放下。

「——原來如此。讓你以這樣的方式送死的命令，他們不願聽從呀。」

希耶絲塔同樣把槍放下，如此告訴布魯諾。

「不可能這樣。」

布魯諾已經沒有在動搖。

但他依然搖頭否定此刻發生的現實。

「比起自身的使命，竟然優先選擇感情。他們居然偏偏踐踏了自己做為《黑衣人》的尊嚴……」

「這種事情沒什麼好奇怪的。」

聽到希耶絲塔這句話，布魯諾不禁抬頭看向她。

「難道不是嗎？因為《調律者（我們）》是人類呀。」

就在這時，從我們背後傳來「砰！」一聲巨大的聲響。

那是出入口的門被打開的聲音，緊接著前來增援的機動部隊湧入大廳。會場中的出席者們見到這一幕，紛紛爭先恐後地衝向門口。但現在已經沒有人阻止他們了。

「啊啊，原來如此。是那女孩教唆的。」

布魯諾察覺真相而瞇起眼睛。

「講『教唆』雖然讓我不太能接受啦。」

結果收拾了這個事態的另一名重要人物——夏凪渚朝我們這邊走來。

「不過其實事情很單純——大家都不想讓您當個壞人死掉而已。」

渚一邊走近我們，一邊拿下戴在耳朵的通話器。

原來她是用那玩意不斷勸說《黑衣人》們的。向大家傾訴著，讓一位做為《調律者》拯救這個世界的時間比誰都長的英雄，最後以壞人的身分喪命真的好嗎？

「兩週前，我從《黑衣人》那邊收下《名偵探》的滑膛槍時，那個人就向我提出了委託，希望我們保護《情報屋》。」

對，其實渚早就和一部分的《黑衣人》做出協定。這是連我也直到昨天在飯店開作戰會議時，才被她透過郵件偷偷告知的事情。

不過渚說她兩週前也沒有從《黑衣人》那邊得知所有的真相。換言之，《黑衣人》並沒有告訴她一切事件的幕後黑手就是布魯諾，只是希望我們能夠保護《情報屋》，並表示他們願意為此提供協助而已。這代表《黑衣人》們同樣努力想要維持正義的平衡直到最後一刻。

而渚是今天在這場典禮中正確解讀出《黑衣人》的意圖，並展開了拯救布魯諾的行動。

「爺爺大人是沒辦法當壞人的。」

然後，在這裡還有另一位人物相信著渚的激情。那少女比任何人都長久以來陪伴在布魯諾身邊。布魯諾幾乎失去神色的雙眼望向祭壇下的那位少女。

「壞人的右手，不會像您那麼柔軟。您的手，是引導弱小存在的手。」

諾艾爾將自己的手伸向她過去想必牽過好幾次的那隻手。

一邊回想著記憶之中，善良的恩師溫暖的掌心。

「您說得沒錯，邪惡的確存在於每個人心中。」

走到這裡來的渚一邊輕撫著諾艾爾的肩膀，一邊向布魯諾訴說。

「只要人心中有邪惡蔓延，戰爭就會繼續引爆，災禍就會繼續發生。必定總有一天，巨大的危機會再度降臨這個世界。當人們已經徹底習慣於和平的時候，那天肯定會到來。」

這點我也很清楚——渚說著，咬起嘴脣。

「既然理解，為何？」

布魯諾則是張開了他緊閉的嘴。

「這個世界已經沒有正義的使者。當有一天難以收拾的災禍降臨時，拯救世界的人已經不在了。所以我才——」

結果渚搖搖頭打斷布魯諾這段話，並登上祭壇。

「即便沒有了《調律者》的頭銜，我們追求正義的意志也絕不會死。」

渚如此主張的同時，希耶絲塔輕輕靠到她的身邊。

「別擔心，這裡有兩位偵探。就算有兩個地球的份，我們也會拯救給您看。」

聽到她這麼說，布魯諾・貝爾蒙多的臉頰浮現皺紋。

「Corretto（正確答案）。」

說完這句話的英雄，有如力竭般當場倒下。

◆致：什麼也不知情的你我

後來過了幾個小時。

夜已深時，我被布魯諾・貝爾蒙多叫去見面。

在舉辦舞會與典禮的那座宮殿內一間看起來像寢室的房間中，老英雄面容憔悴地躺在床上。

「很抱歉，在你累的時候把你叫來。」

布魯諾見到我來，便如此開口慰勞。直到剛才的敵對態度簡直像騙人的一樣。我回了一句「反正我也睡不著」並坐到床邊的椅子上。

布魯諾的右臂上插著一根點滴。

幾小時前，跟機動部隊一起被渚叫來的急救部隊，直接在現場為倒下的布魯諾治療。然後由於判斷他沒有逃亡的疑慮，因此現在讓他在這間房間靜養。雖然說，今後有辦法對身為前《調律者》的布魯諾・貝爾蒙多正常審訊調查的公家機關是否存在，令人相當存疑就是了。

「雖然這件事我一直隱瞞著，不過其實從兩年前左右，我的身體狀況就不是很好。即使靠藥物撐了下來，但似乎也到極限了。」

布魯諾躺在床上說明著自己的身體狀況。或許兩週前他和諾艾爾到日本來的時候就已經在勉強自己了。

「雖然沒啥根據，但我一直以為你是不死之身啊。」

畢竟他據說已經活了將近一般人類兩倍的壽命。

「哈哈，人總有一天會死的。」

相對於發言內容，布魯諾反而愉快地笑了一下。

「唯有壽命，是無論任何名醫或發明家也無法治療的東西。在去年夏天，我就被史蒂芬宣告了，說我只剩下大約半年的壽命。」

從去年夏天算起來半年，也就是說他已經——

「難道說，你就是因為這樣解除了跟諾艾爾的收養關係？」

由於他知道自己時日無多，因此放眼未來，希望讓諾艾爾能夠自主獨立。

「布魯諾，說到底，十年前你為什麼會想要收養諾艾爾？」

他不可能真的只是把諾艾爾視為達成自己目的的一枚棋子而已。所以我重新向他詢問這點。

「我個人和祿普懷茲家之間從以前就有生意上的往來。有一次我為了談生意而拜訪祿普懷茲家的宅邸時，偶然見到了那孩子。」

那眼神簡直一模一樣——布魯諾這麼形容。

「那雙眼睛就跟我一樣，想要知道外面無邊無際的世界。我怎麼也無法放著不管啊。」

當時由於是情婦生的小孩而受到家族冷漠對待的諾艾爾，據說幾乎不被准許走出家門。或許正因為是百年來在世界各地旅行的布魯諾，所以會產生想要讓那樣的諾艾爾看看外面世界的念頭吧。

「而且當時我就近觀察可以知道，那個家族恐怕不久之後便會走向末路。我實在不忍心讓那孩子繼續留在那樣的環境之中。」

「本來應該繼承當家的那位諾艾爾的哥哥，在三年前會行蹤不明的事情，你在當時也已經知道了對吧？」

「沒錯，我聽說他是因為無法承受背負的重擔，為了追求自由而離家流浪的。雖然家族對外聲稱是遭遇意外事故而突然喪命的就是了。」

……原來如此，畢竟一家的繼承人如果失蹤，講出去總不太好聽。所以當作是離開人世，讓身為妹妹的諾艾爾緊急成為當家的。

「但是到最後，我終究還是要讓那孩子變得孤單一人了。」

布魯諾瞇著眼睛注視天花板。

「諾艾爾就拜託你們了。」

他接著擠出聲音對我如此說道。

如今回頭想想，這會不會也在布魯諾的計算之內？當初安排讓諾艾爾在日本與我和偵探們認識的人就是布魯諾。這搞不好是已經知道自己死期將近的布魯諾，為了不要害諾艾爾變得一個人孤單寂寞，所以讓她跟我們見面了。

「然後，布魯諾，你為何會把我叫來？」

我如此詢問正題的同時，內心期待著某個答案。

那就是布魯諾．貝爾蒙多真正的犯案動機。

當初布魯諾的目的終究只是要把《聯邦政府》所管理的世界之祕問出來。然而當他發現無法如願知道祕密之後，就改而主張自己的目的是藉由化身為邪惡召告天下，促使世界上的人們抱持危機意識。

雖然我不知道他沒有找希耶絲塔和渚，而只把我一個人叫來的理由是什麼，但我有必要知道他真正的動機。

「《情報屋》不可能死於和平。就好像過去的英雄們也是一樣。」

布魯諾躺在床上，娓娓道來。

「最後等待著我們的只有悲劇。過去有許多的《調律者》們殉職於使命，然後由新的正義使者陸續替補。這就是英雄們一路走來的歷史。長年活下來我一直如此深信著，也認為這樣無妨。」

他沒有立刻回答我的問題，但想必在哪裡會跟正題扯上關係，於是我靜靜聆聽下去。

「但如今卻是什麼狀況？我現在也沒有遭受什麼拷問，竟準備享盡天年，安然離世——不能這樣。」

布魯諾瞪大眼睛，激動主張。

「身為世界之智，本來不可能死於和平。然而現在這身老骨頭竟準備安詳仙逝，這毫無疑問地佐證了我根本不是什麼英雄……沒錯，我從不久前就隱約發現了，我並非全知。我只是以為自己知道一切，只是缺乏無知的自覺罷了。」

他浮現青筋的喉嚨劇烈顫動，乾癟的手臂搖搖晃晃地伸向天花板。

「我會不會其實根本什麼都不知道？是不是就跟那個迷惑於將就的和平之中離世的國王一樣？當我察覺這點的時候，老頭子一個人感到無比恐懼起來。因此，我擬定了這次的計畫。」

布魯諾就這麼說起自己最根源的犯案動機。

究竟為何身為正義象徵的世界之智，會讓自己墮落為邪惡。

「我最後會不會做為邪惡的存在遭受制裁？名為神的正義會不會給予我應有的制裁——我抱著這樣的心願，站在那個舞臺上。」

原來如此。布魯諾從一開始就把自己定義為惡了。

因此他在兩週前親自偽裝成《未踏聖境（Another Eden）》的使者，向《聯邦政府》宣戰。

從正義的椅子上墮落為惡的自己究竟會不會被神……被世界阻止——就是這樣一場戰鬥。

「那心境有如站上了死刑臺。」

布魯諾說著，無力地放下手臂。

「然而，我的心願最後沒有實現。我沒能死於非命。最後不是神，而是偵探的少女拯救了我。」

那是我親眼見證過的結局。希耶絲塔的理性與渚的激情，拯救了布魯諾・貝爾蒙多。

「簡直有如什麼戲劇的劇情啊。」

布魯諾的呢喃聲在幽暗的房間中迴盪。

「本來應該墮落為惡的我，卻被故事主角般的少年少女們的吶喊所救贖，如今準備安詳地結束人生。」

就像是什麼人所期望的理想故事啊——布魯諾望著我說道：

「那麼這劇本又是誰寫的？」

「劇本？」

從布魯諾開始說明之後，我第一次開口反應。

「戲劇也好，電影也好，小說也好，什麼形式都無所謂。重要的是劇情中時而受傷、哭泣、憤怒、喪失，即便如此依然勇往直前；就算沒有事事如意，就算最後痛苦難受，依然令人心中深有感觸——這樣的故事劇本，究竟是誰寫出來的？」

布魯諾乾枯的雙眼注視著我。

「我長年來觀察的這個世界，應該遠比現在充滿更多不合理的事情才對。那究竟是什麼時候改變的？這是誰的夢？我們現在究竟看著誰夢想出來的故事？」

告訴我——布魯諾用力咳嗽，如此問我。

他撐起瘦弱的身體，把手放到我肩上問著：

「我到底忘記了什麼？這個世界現在，**究竟遺忘了什麼，卻若無其事地繼續下去？**」

我對他的質問說不出答案。

不是我明知卻不答。就連《情報屋》布魯諾·貝爾蒙多都不知道的事情，身為區區一個偵探助手的我不可能會知道。

因此我只能反過來問他「為何要對我說這些話？」結果布魯諾又恢復為以往柔和的表情。

「以前曾經有一名少女來找我，拜託我能夠拯救你。」

「少女？」

布魯諾深深點頭，又準備重新躺好。於是我伸手幫忙扶著他身體，讓他躺回被子裡。

少女那時候說過——布魯諾如此回憶過去。

「少年K將來總有一天會成為足以偏移這個世界中心軸的 Singularity。」

——少年K是指我嗎？那麼這位少女究竟是誰？這是在講什麼時候發生過的事情？

我雖然如此詢問，但布魯諾只是面帶微笑，沒有回答。

「快要春天了。」

取而代之地，他這麼呢喃，並眺望窗外。

天還沒亮，外面一片漆黑，什麼景色也看不到。

「雖然我至今活了這麼久的歲月，但其實還沒看過日本的櫻花啊。」

只有這件事讓我感到有些遺憾——布魯諾說著，瞇起眼睛。

距離櫻花盛開的季節還有兩個月。當花綻放的時候，布魯諾已經——

「在日本有句諺語，叫『比起美麗的花朵更愛美味的糰子』。」

聽到我這麼說，布魯諾露出感到奇怪的表情。

情報屋應該不會不曉得日本的諺語吧。但我想講的是……

「我們其實並不是真的那麼想欣賞花朵本身，更重要的是和誰一起賞花、一起用餐、一起談笑啊。」

「……對，說得沒錯。」

布魯諾深感同意地點點頭。

能夠讓世界之智表示同意，真是無比光榮的一件事。

「你越來越像那個男人了。」

「那個男人？你在講誰？」

我疑惑歪頭，但布魯諾沒有回答。不過……

「唯有那個男人的事情，你不可能會忘記的。」

他只有很篤定地如此表示，便閉上了嘴巴。這代表該講的事情全部講完了。於是我聽完他的話之後，從椅子起身。

「你和諾艾爾再一起去吃些好吃的吧。」

我最後留下這句話，轉身背對布魯諾。

接著就在我轉開房門握把的時候……

「哦哦，這麼說來，晚宴還沒舉辦啊。」

布魯諾苦笑一聲，彷彿自言自語地呢喃：

「今晚大家一起圍繞餐桌吧。畢竟今天世界也是和平的。」

我靜靜關上房門來到走廊，看見稍遠處有個低著頭的人影。

諾艾爾・德・祿普懷茲——還沒換下禮服的少女發現我，便抬起頭輕輕微笑一下。

「剛才的對話，妳聽見了？」

「……對不起。不過因為有點距離，我沒有聽得很清楚。」

事到如今她也沒有必要繼續竊聽了吧。

因此我對她搖搖頭說「不用在意」。

「其實我早就隱約察覺了。」

幾秒鐘的沉默後，諾艾爾如此開口。

「我知道爺爺大人的身體狀況不好。雖然他本人覺得自己隱瞞得很好就是了。」

「這樣啊，不愧是家人。」

我反射性地這麼回應，結果諾艾爾露出有點驚訝的表情，接著淡淡一笑。

「是的，只要關於爺爺大人的事情，我什麼都知道。」

我很快就聽出這是一句帶有自嘲意思的發言。不過……

「布魯諾說自己是個無知的人。那究竟是不是真的，我不知道。所以諾艾爾，妳去告訴他吧。」

「……我來、告訴爺爺大人？」

「沒錯，我想布魯諾不知道的事情，妳應該會知道。」

昨天在酒吧和布魯諾對談時，他說見到希耶絲塔和我吵架的樣子，對於名偵探會露出那樣的表情感到很驚訝。然而真要讓我講的話，希耶絲塔和布魯諾都一樣。即便是站在正義崗位的人，誰都會有自己私下的一面。然後必定會有身邊的人看到那張連本人都沒注意到的表情。

「所以妳去告訴他吧——在《調律者》的頭銜之前，真正的你其實只是個喜歡喝酒，然後稍微博學一點的普通老爺爺罷了。」

我相信那肯定會是很好的孝行吧。

雖然我以前沒能實現，但諾艾爾還來得及。

我輕輕拍了一下她肩膀後，轉身準備離開。我想應該不需要特別講什麼道別的話語吧。

「請問我是不是錯了？」

結果諾艾爾從背後又再度向我如此詢問。

「我是不是應該再早一點站出來阻止爺爺大人才對？」

正由於做為布魯諾・貝爾蒙多的家人陪伴在身邊的緣故，諾艾爾很早就察覺到事件的真相。然而她優先選擇了自己不惜賭上一切也想實現的心願，這是不是一件應該後悔的行為？——諾艾爾對我詢問這樣的命題。

「我也不曉得。妳的事情，只有妳最清楚。」

「……說得也是。對不起。後悔也好，責任也好，我會全部自己承擔的。」

她說出這樣一句有點寂寞，但又堅強的話。

或許我的發言聽起來像在冷淡拋棄她吧。

「如果哪一天妳得出答案的時候，希望妳再告訴我。」

我依舊沒有回頭地對她說道。

「不一定要是Ｙｅｓ或Ｎｏ那樣黑白分明的答案。就算只是解到途中的算式也沒關係，錯誤的答案也沒關係。什麼時候都可以，希望妳告訴我。」

然後到時候……

「不要管什麼立場或頭銜，我們普普通通地一起玩吧。」

腰部忽然感受到柔軟的衝擊。

我把視線往下看，發現諾艾爾從背後抱住了我的腰。

「君彥大人還不知道真正的我。」

她用帶著淚水的聲音大叫。

「就像你一直對我抱持警戒一樣，我同樣也還沒把真正的自己攤在你面前……我一直都在裝乖。其實真正的我很愛哭、很任性、很幼稚、占有慾又強，是非常、非常麻煩的個性。即便如此，就算是這樣的我，下次見面時你還會願意跟我玩嗎？」

「那當然。」

我轉回頭，伸出手指擦掉她的眼淚。

「畢竟妹妹是越煩越可愛啊。」

諾艾爾愣了一下後，沒多久便對我這句玩笑話靦腆地笑了一下。

淚水還沒乾。但也沒有讓它乾的必要。

在家人面前，沒有什麼必須忍耐的眼淚。

我再度輕輕拍了一下諾艾爾的肩膀後，對她說了一句：「妳快去吧。」

於是她用力點頭，走向布魯諾的房間。

「我走了。」

總有一天，能夠對她說「歡迎回來」的日子會到來吧。

【終章】

我們後來接到布魯諾過世的通知，是在回到日本後的第三天。從諾艾爾打來的電話中得知這件事情時，雖然我心中早有一定程度的覺悟，卻還是好一段時間講不出話來。

正義的椅子欠缺了一張。

聽說他最後是在諾艾爾那些人的陪伴中靜靜離開人世。這樣安詳的死對於布魯諾來說究竟是不是最佳的結局——聽過他那段自白的我有些難以判斷。

即便如此，諾艾爾在電話中說過『我想爺爺大人是很幸福的』這樣一句話。既然和布魯諾相處的歲月遠比我長的諾艾爾會這麼表示，我想我也只能相信。畢竟死者如今不會再講什麼了。

——在暮色低垂的街上，我獨自一個人想著這樣的事情。

說是街上，但周圍沒有人影。被封鎖線區隔出來的這塊區域本來是不允許讓人進入的，不過拿來靜靜思考事情倒是個不錯的地方。

「天氣還很冷啊。」

這個季節要說是春天還嫌有點過早。我豎起大衣的領子遮擋寒風。

接到諾艾爾的通知之後，過了一個禮拜。

睡到中午起來，從第三堂課開始到大學露個臉，沒有參加社團的我接著和渚道別，傍晚回到公寓的每一天。

偵探助手的工作暫時要休息一陣子。

因為公司代表不知跑到哪裡去了，所以事務所根本沒開門。不管我怎麼寄郵件、打電話，都沒有一點回應。

就在我開始打算在毫無頭緒之下到處亂找的時候，今天才總算收到回應。據說她這段期間出國旅行去了。就算這樣，我還是很希望她最起碼能告知、聯絡或找我商量一聲，但她那種作風看來從七年前都沒有變的樣子。

「咦？今天假日加班嗎？」

這時，從背後終於傳來熟悉的聲音。

「因為老闆休假就會拖累到員工啊。妳跑到哪裡去亂晃了？」

「我只是出門一下而已嘛。如果管得太緊可是會被討厭的喔？你又不是我的男朋友。」

我轉回身子，看到一如往常跟我抬槓的偵探就站在那裡。

「話說，為什麼要約在這裡？」

希耶絲塔環顧周圍，對我指定的碰面地點表示疑惑。

放眼望去一片綠意盎然的這座城市，已經看不出曾經是年輕人聚集地的繁華景象，時尚百貨大樓與咖啡廳都被植物淹沒了。

其中最大的象徵，就是在我們背後那棵如大本營般聳立的巨樹——尤克特拉希爾。

這棵樹，對我和希耶絲塔來說是戰鬥的記憶。是當時為《世界之敵》的《原初之種（席德）》被封印的場所。後來，希耶絲塔也是在這棵巨樹的旁邊進入漫長的沉睡之中。

「我只是隱約有個感覺，覺得應該到這裡來。」

對於希耶絲塔的詢問，我稍遲一些才如此回答。

這很難用話語解釋。不過我總覺得這裡對我們來說是無法避開通過的場所，很適合拿來面對過去與未來。

「這樣呀。話說回來，你果然還是帶著那本書呢。」

希耶絲塔注意到我抱在一旁的《原典》。

「是啊，因為到頭來，還是由我隨身攜帶比較安全。」

大約十天前，這本《原典》大大改變了我們的命運。但這本書具有特殊的力量，難保哪一天會不會又有敵人來搶奪它。假如真的發生那樣的狀況，我想我可以透過《原典》的力量看到未來並防止那種事情發生。然而自從上次《原典》最後發揮力量之後，這本書就沒有再告知我未來危機的跡象。

「真是沒想到，你那時候原來看過未來呀。」

希耶絲塔回想起在法國發生過的事情，有點傻眼似地笑了。

「是啊，欺敵之前要先騙過自己人——這不是妳以前講過的話嗎？」

我如此反擊後，希耶絲塔難得認輸地聳聳肩膀。

「然後呢？這一個禮拜中，你做了什麼事？」

她接著又詢問我在事務所沒開的這段期間做過的行動。這一週應該工作休息才對，不過她似乎確信我自發性地做了什麼事情。

「週末的時候，我和渚一起去了一趟監獄。然後在那裡得知一件事：風靡小姐越獄了。」

正確來說，應該講早已越獄。

「大約十天前嗎？」

察覺了什麼的希耶絲塔如此詢問。

「對，剛好就跟我們去法國的時間一樣。」

這不可能是什麼偶然。整件事的起頭要回溯到再兩週前，那場監獄襲擊事件。

由於那個手持蛇腹劍的男子攻擊收監風靡小姐的那座監獄，據說使得警衛系統受到了重大的損害。

因此上頭決定要將風靡小姐移送到另一座監獄……可是在移送途中，載著風靡小姐的囚車卻遭到一群戴防毒面具的男人襲擊。加瀨風靡就此銷聲匿跡了。

「意思說，加瀨風靡是在《情報屋》的協助下越獄的？」

對於希耶絲塔提出的這項假說，我也點頭同意。一切都是從那場監獄襲擊事件開始。那場事件不只是讓希耶絲塔恢復為《名偵探》，同時也是為了讓《暗殺者》越獄的布局。那麼布魯諾為何會協助風靡小姐越獄？

「她也是布魯諾・貝爾蒙多的同志呀。」

希耶絲塔仰望著被夕陽染成一片橙紅色的天空，如此呢喃。

「就像《黑衣人》也是一樣，布魯諾先生是將跟自己抱有同樣想法……抱有同樣危機意識的人們拉攏為同伴，試圖完成什麼大事。」

對，也就是在那場典禮中發生的一連串事件。以布魯諾為首的那群同夥們偽裝成《未踏聖境(Another Eden)》的使者，對世界舉起了矛頭。

然後現在回想起來，布魯諾他們據說對《聯邦政府》做無法解析的聯繫接觸，但那會不會其實是《發明家》史蒂芬做的？那個男人恐怕還提供了其他在布魯諾的計畫中需要的各種技術與發明物。

例如襲擊監獄時使用的那把奇妙的武器，以及防毒面具人們可能配備的光學迷彩斗篷。仔細回想起來，從許多細節處都能看到《發明家》的影子。

「然後呢？希耶絲塔又是如何？」

這次換成我詢問她的收穫。整整一個禮拜的時間，她究竟丟下事務所跑到哪裡去了？

「世界旅行。」

講得可真簡單。

「有些事情讓我有點在意，所以到世界各地去看了一下。」

「為何沒帶我一起去？」

「你有大學的課要上吧？」

說好不管要去哪裡都會帶著我的約定哪兒去了？——這句話我現在勉強吞回肚子。

「這一年，過得真快呢。」

結果希耶絲塔竟沒有描述旅途的成果，取而代之地講起回憶。

「當我睜開眼睛那天，你和夏露都哭著抱到我身上。」

「我沒有哭吧？」

「然後我開了偵探事務所之後明明什麼都沒說，你就理所當然地跑來工作。」

「因為妳以前叫我要保持自動自發的精神啊。」

「後來加上渚，三個人一起工作、一起玩、一起玩、一起玩。」

「玩的成分會不會有點多？」

被我吐槽後，希耶絲塔頓時破顏一笑。

「這肯定是你和我共通的記憶。但是至今的人生中讓我們都學到了一件事。」

她接下來要講什麼，我隱約知道了。

「那就是人的記憶絕不可靠。」

對，沒錯。我過去曾經因為一隻名叫《參宿四》的怪物散發出來的花粉導致喪失了一段重要的記憶。在更早之前，希耶絲塔和渚也被《ＳＰＥＳ》奪走了一部分的記憶。透過這些經驗，我們都很清楚人類的記憶有多麼脆弱。而且……

「布魯諾也講過類似的話。他說要懂得懷疑自己，要有無知的自覺。」

所以，也就是說……

「我們現在是不是忘記了什麼？」

——或者。

「這個世界是不是忘記了什麼？」

若真如此，史實跟記憶之間究竟是從哪裡開始脫軌的？

究竟什麼是假的？什麼是現實？

一直以來相信的東西忽然有種被徹底顛覆的感覺，腳下變得不牢靠。

「這應該不是夢吧？」

關於妳在我眼前的事情。

「總不會是什麼白日夢吧？」

那天希耶絲塔睜開了眼睛的記憶。

我回想起不知何時看過那段海拉的夢。

在夜晚的頂樓上，她說過：

『你作的夢可真會順你的心呢。』

這句話難道講的不是當時看到的夢境嗎？

那麼我真正在作的夢究竟是——

「我在喔。」

從背後傳來柔軟的衝擊。

「我好好地，在這裡。」

希耶絲塔的雙手從背後繞到我腹部，體溫從全身上下傳來。

才不是假的。才不是夢。從七年前相遇，然後經歷好幾次的別離，不過這次是真正再度重逢的心愛搭檔就在這裡。

「你覺得我是假的？」

「我不覺得。」

「你認為這是一場夢？」

「很抱歉我那樣猜疑。」

「那你現在這樣被我像個情人一樣緊緊擁抱的事情，是不是有如美夢？」

「我現在確定了。會這樣捉弄我的人只有妳——希耶絲塔而已。」

我們互相笑了起來，接著她總算鬆開手臂。

最大的不安，現在消失了。然而必須整理的事情、必須思考的問題還堆積如山。於是我深深吸一口氣後……

「我說，希耶絲塔，妳一年前實際上是怎麼醒來——」

就在我準備討論面對未來的事情時……

一陣風吹來。伴隨風聲與樹葉搖盪摩擦的聲音。

我和希耶絲塔不約而同地抬頭仰望天空。映入我們視野的，是一棵巨大的樹木。朝著被暮色渲染的天空不斷延伸、長高的巨樹。

「別擔心。」

希耶絲塔小聲呢喃。

「我們有尤克特拉希爾呀。」

那是我們曾經交手過的最強敵人——《原初之種》。然而後來可以說是變化了姿態的尤克特拉希爾，為我們居住的地球帶來莫大的恩惠。

尤克特拉希爾的《種子》乘著風散播到世界各地。雖然起初人們議論著它的危險性，但後來的研究發現那些《種子》擁有讓受到輻射物質影響或大氣汙染而無法居住生物的土壤或空氣再生、復原的效果。一度枯竭的大地又再度出現綠色……生命又回來了。

「我這次去看過的戰場遺跡，現在也變成這樣囉。」

希耶絲塔秀出她這次單獨遠征之旅中拍下的照片。因戰火摧殘而據說百年內不會再長出草木的那塊土地上，已經可以看到新芽萌生，藤蔓彷彿在幫忙支撐似地盤繞在快要倒塌的建築物上。

「是啊，如今感受不到尤克特拉希爾的場所反而還比較稀奇啊。」

日本也是一樣。全國最高的那座藍色電波塔也幾乎已經和尤克特拉希爾化為一體。齋川開演唱會的那座國立競技場也開始被植物覆蓋，大概不久後就無法利用了吧。另外像之前我們在巴黎塞納河體驗過的渡輪之旅，也是因為歷史性建築物逐漸與尤克特拉希爾化為一體所以決定廢除。但這也是沒辦法的事情。

「因為這也是世界的意志。」

希耶絲塔仰望著伸向泛紅天空的尤克特拉希爾，如此說道。

是啊，沒錯。這是為了守護地球。為了讓有如慈父的大地活下去，人類對文明做些犧牲忍耐也是沒有辦法的事情。這就是和平，是我們抵達的幸福結局。

「………」

風再度吹起。冬季的冷風，卻不知為何感覺莫名溫暖。

「我說，希耶絲塔。」

希耶絲塔被我叫了一聲，稍微歪頭要我繼續講下去。

「假如地球就這樣變得全部只剩植物了，會怎麼樣？」

就算地球從汙染之中被拯救而變得乾淨了，但假如到處都像這座城市一樣被尤克特拉希爾的種子覆蓋，我們人類又要何去何從？會不會就這樣變得無處可以居住了呢？

「你在講什麼呀，助手。」

結果希耶絲塔卻對我的疑問一笑置之。

對，每次她都會像風一樣，把我心中杞人憂天的想法吹散。

所以我今天也能安心下來，跟她鬼扯抬槓。

「那不就是為此存在的嗎——《××》。」

希耶絲塔說了些什麼。不會錯，因為她嘴巴有動，但我聽不太清楚。可能是因為又有一陣風突然吹來的緣故。

正當我這麼想，準備再跟她問清楚時，她歪了一下頭。

那模樣簡直就像她不知道自己剛才講了什麼一樣。

「——助手。」

「——嗯。」

沉默一段時間後，我們互相點頭。

不需要什麼特別的話語。我們此刻肯定朝著同樣的方向。

偵探已經，死了。

但遺志，絕不會消逝。

因此，要進入結局還太早。

——而且……

現在，偵探又復活了。

所以我們的冒險奇譚還會繼續下去，這是將至今的故事全部推翻的第二幕（sequel）。

【Re:birth】

◆Side Charlotte

「抬起頭來，夏洛特。」

聽到這句話的瞬間，光芒照入原本昏暗的視野。

——好刺眼。我究竟被蒙著眼睛過了幾個小時，不，幾十個小時？

只要沒睡著，我其實可以透過生理時鐘判斷的，但是被下藥就沒轍了。我不知不覺間被綁住手腳，跪在堅硬的地板上。

「夏洛特・有坂・安德森，妳有聽到我的聲音嗎？」

我有聽到。但我故意不理會的。因為我知道這聲音是誰。

不久後，我的眼睛總算逐漸適應了光線。

在白色的寬敞空間中有七張椅子，然後七個頭戴面具、身穿白色服裝的人坐在椅子上。剛才講話的應該是正中間的那位女性。這裡究竟是什麼地方，然後……

「妳找我到底有何貴幹？艾絲朵爾。」

我叫出那位《聯邦政府》高官的代號。在場的其他人肯定也全都是政府高官，或者擁有同等地位的人物吧。

——幾天前，我沒有出席《聖還之儀》，而是在追蹤某個人物的動向。當然，那場儀式也令人在意，但威脅肯定不是只有那個。不可以放著那個人物不管——如此判斷的我，當時一路追蹤調查著那名女性——加瀨風靡的下落。然後我總算掌握到某項情報……而回過神時，就被在這裡的艾絲朵爾一幫人抓住了。

「真是了不起。妳竟然沒有輕易被《聖還之儀》這個誘餌給釣到。」

艾絲朵爾戴著面具的臉看向我。

根據君塚寄來的郵件報告，在《聖還之儀》中前《情報屋》布魯諾・貝爾蒙多似乎對《聯邦政府》發動了叛變。然而最關鍵的高官們當時都不在現場，不知逃到哪裡去了……難道說……

「你們打從最初就看穿了布魯諾・貝爾蒙多的反叛行動嗎？」

現場沉默了一瞬間。

「夏洛特・有坂・安德森，關於妳的優秀能力，我都有耳聞。」

可是艾絲朵爾卻沒有回答我的問題，逕自講了起來。

「妳的父母並非拘泥於單一組織的軍人，而是遵循自己的正義轉戰於各種戰場。而妳就是看著他們的背影，自己也跟著成為了特務展開行動。」

所以又怎樣？艾絲朵爾究竟抱著什麼意圖跟我講起這種事情？我聽不出她的目的是什麼。

「然而，妳很快就迷失了那對父母的背影。接著成為妳心中下一個目標的人物，就是當時的《名偵探》。但是那個《名偵探》後來也消失，然後妳就改拜《暗殺者》為師。再下一次，妳又要追隨著什麼人的背影。妳就是像這樣不斷追著誰的影子，尋找自己下一個容身之處，活得就像隻寄居蟹一樣。」

「妳到底在挑釁什麼？」

我忍不住瞪了艾絲朵爾一眼。

真巴不得至少把她那張面具給剝下來呀。

「所以說，我是在稱讚妳呀。妳能夠隨機應變地更改正義的形狀。在這個不斷星移物換的世界中，對為政者來說最重要的就是柔軟的判斷能力，而非僵硬的信念。妳那樣不斷變換的正義，正符合這樣的特質。」

……這次我沒辦法立刻回嘴。想必是因為我也有這樣的自覺。我對於自己的正義沒有自信，所以過去的我總是信仰著我的父母、名偵探、暗殺者這些人所主張的正義。唯有如此，我才能夠活下去。

「開玩笑，那種事情早就已經結束了。」

那種煩惱，我早在幾年前就已經解決。在那個總是把「不講理」當口頭禪的少年以及他的夥伴們幫助之下，我已經改變。如今才不會因為那種程度的挑釁就動搖。

「我再問一次，妳找我到底有何貴幹？」

「就像《情報屋》達成了他的目的一樣，我們的計畫同樣有了重大的進展。」

結果艾絲朵爾又把這次的事情提了出來。

「具體講，就是我們弄清楚了對於《聯邦政府》來說的敵人：《發明家》、《名演員》、《革命家》、《黑衣人》以及《暗殺者》。他們全部都有可能在布魯諾・貝爾蒙多的行動下取回了關於《虛空曆錄（Akashic records）》的記憶。」

Akashic records？她究竟在講什麼？

「這件事情需要適切的對應，而我希望優秀的妳來幫我們的忙。」

……難道她想叫身為特務的我殺掉那些人嗎？再怎麼說都太高估我的實力了。就算是我，也沒有膽敢與《調律者》正面交鋒的匹夫之勇。不過……

「妳這段發言等於實質上承認了對不對？這次的《聖還之儀》其實是把對於《聯邦政府》有反叛之心的人抖出來的舞臺，對吧？」

這是《聯邦政府》為了抓到包含布魯諾・貝爾蒙多在內的反叛者而策劃的一場行動。

「假如《聖還之儀》本身能夠順利完成，其實也是可以的。畢竟我們希望讓《調律者》們急流勇退也是事實。」

也就是說，他們想要讓《調律者》退出世界舞臺的意思嗎？為了什麼？

「不過這次我們所擔心的《特定威脅》之中的一人——知識之王最後以非常自然的劇本演出退場了。以兩敗俱傷的平手收場來說已經十分足夠。」

「……你們到底想開始幹什麼事？」

「這不是開始，而是已經結束了。」

從剛才我們的對話就牛頭不對馬嘴。我輕輕甩了一下頭。

「下一個問題。艾絲朵爾，這裡是什麼地方？」

妳敢不回答就割開妳的喉嚨——我對統治世界的其中一人如此警告。

「這就是妳所期望的什麼不斷變換的正義對吧？」

聽到我這麼說，艾絲朵爾在面具底下淡淡一笑——我有這樣的感覺。

「我還以為妳早就發現了。」

就這樣，艾絲朵爾總算回答我們現在所在的地方。

「這裡是密佐耶夫呀。」

密佐耶夫聯邦國家。位於地球遙遠南方的大國……不，整塊大陸。雖然與聯合國的加盟國幾乎都沒有建交，呈現實質上鎖國的狀態，但也由於其獨立性而扮演各國之間緩衝地帶的角色，長年來對世界和平提供了莫大的貢獻——多數人都是這麼想的。

「哦？沒想到密佐耶夫竟然真的存在呀。」

我這麼一說，艾絲朵爾瞇起了面具底下的眼睛——這次我有確信。

「世界上很多人相信密佐耶夫是無論人口或國土面積皆為世界最多最大的聯邦國家。是看不見的影子大國，世界和平的貢獻國。許多大戰之所以能夠防患於未然，都要歸功於密佐耶夫聯邦的存在——但事實不然。」

我一口氣講到這邊，不知道為什麼忽然感到胸口難受。從剛才開始，我的肺部一帶就隱隱作痛。但唯有這句話，我必須講到底。

「密佐耶夫聯邦其實**只是個虛構國家**。那樣的大國不存在於世界上任何地方。」

簡單來說，密佐耶夫聯邦是為了迅速解決國際上各種問題而存在的一種方便的概念。國家之間的祕密交易，人民們無從知曉的條約——為了讓諸如此類的東西能夠成立所必要的，就是一個擁有絕對支配力的國家。

既然是密佐耶夫的判斷，那就沒辦法了——建立一個國力強大到會讓人們如此思考的虛構國家，正是有效管理世界唯一的聰明手法。

「密佐耶夫是存在的。」

但艾絲朵爾卻用平淡的語氣如此篤定表示。

「看，就在這裡。」

下個瞬間，光線投射在艾絲朵爾背後的投影螢幕上。

畫面中映出來的，是宛如用無人飛行器從高空拍下來的景象——是一整片的冰天雪地。

「這就是我們現在所在的地方？」

也就是說，我肺部感受到的疼痛是來自於寒氣。就在察覺這點的瞬間，連身體都感到寒冷起來了。

「跟從前相比起來，這已經算是變得很易於居住了喔。」

畫面這時切換，同樣的空拍景象朝某個地點大幅放大。浮在水面的寒冰大地上生長著植物。然後畫面再度切換，這次照出明顯是人工物的宮殿建築。

我們現在就在這裡嗎……？

「……這就是自稱密佐耶夫？」

怎麼想都不是大量人口能夠居住的環境。

「是的，從前也有人稱之為南極大陸。」

艾絲朵爾轉向背後，眺望螢幕上的影像。畫面中映出一朵綻放在寒冰大地上的花朵。

「這是妳的功勞。」

我莫名有種預感，她即將說出什麼決定性的發言。

「因為尤克特拉希爾的種子讓這塊邊境土地也孕育出了生命呀。」

不曉得為什麼，但我難忍一股寒意竄過背脊。

我們是不是其實犯下了什麼無法挽救的錯誤？

「妳來到陌生的土地想必覺得冷吧？給她披上什麼衣物。」

艾絲朵爾如此做出指示。緊接著，我感受到背後出現人影。

「我、我不要！」

手臂依舊被綁在背後的我，拖著膝蓋朝艾絲朵爾稍微接近。

「你們的目的是什麼……！為什麼把我帶到這裡來……！」

艾絲朵爾不為所動。

如冰雕般、如人偶般，一步也不動。

相對地，在我背後的人影又再度想把大衣披到我身上。

「……！我就說……！」

我忍不住轉回頭，然後見到眼前的人物，頓時變得腦袋一片空白。身穿白色服裝的那個人摘下面具露出的容貌，我絕不可能會認錯。那是我的父親。

「夏洛特，到《聯邦政府》來。」

一隻右手伸向不斷變換的正義。

「與我們一同坐上《方舟》，前往聖境(Eden)吧。」

◆Side Mia

「米亞大人，這是……」

抵達目的地，下了直升機的我和奧莉薇亞，對眼前的景象不禁瞠目結舌。那是被尤克特拉希爾的種子所長出的植物群掩蓋的都市。在人類早已撤離的這個場所，不存在可以稱為文明的東西。

「請問這就是米亞大人一直夢到的景色嗎？」

對，這是我最近總會夢到的景色之一。

在某個有如廣大叢林的場所，我會發現一座巨大的遺跡。而我總是會從中感受出重大災禍的意志，汗流如雨地從夢中醒來。

一年前，我經歷《大災禍》而失去了預知未來的能力，但依然會定期看到各種奇妙的夢境。關於《原典》的夢就是其中之一。然後這次的這個也是——

「就是這個。這就是一直出現在我夢裡的東西。」

那是一座非常、非常大的古老時鐘。

這座幾乎朽壞的巨大時鐘具體上究竟是什麼東西，我不曉得。

但很奇怪的是，唯有它的名字我很清楚。

「《終末時鐘》。」

上面的指針就快指向結束的十二點。

「請問世界的危機果然還沒結束嗎？」

奧莉薇亞一副無法接受現實似地搖盪著視線。

我之前也是那麼相信的。

不，不只是我。

想必學姊也是，過去的英雄們也是，大家都一樣。

「搞不好，我們其實遺忘了什麼非常重要的事情。」

我試著再度重新回想一年前的《大災禍》。

不對，整件事的起頭要回溯到更早之前——究竟是從什麼時候？

「首先是那一天。」

我回憶起世界開始變得奇怪的那一天。

沒錯，就是與人類為敵的吸血鬼發動叛亂的那一天開始。

偵探已經，死了。

浮文字
偵探已經，死了。7
（原名：探偵はもう、死んでいる。7）

著　　者／二語十　繪　　者／うみぼうず　譯　　者／陳梵帆
執 行 長／陳君平　美術總監／沙雲佩　國際版權／黃令歡、梁名儀
榮譽發行人／黃鎮隆　美術編輯／陳聖義　文字校對／施亞蒨
協　　理／洪琇菁　執行編輯／丁玉霈　內文排版／謝青秀
總 編 輯／呂尚燁

出　　版／城邦文化事業股份有限公司 尖端出版
台北市中山區民生東路二段一四一號十樓
電話：（〇二）二五〇〇—七六〇〇
傳真：（〇二）二五〇〇—二六八三
E-mail: 7novels@mail2.spp.com.tw

發　　行／英屬蓋曼群島商家庭傳媒股份有限公司城邦分公司 尖端出版
台北市中山區民生東路二段一四一號十樓
電話：（〇二）二五〇〇—七六〇〇（代表號）
傳真：（〇二）二五〇〇—一九七九

中彰投以北經銷／楨彥有限公司（含宜花東）
電話：（〇二）八九一九—三三六九
傳真：（〇二）八九一四—五五二四

雲嘉經銷／智豐圖書有限公司 嘉義公司
電話：（〇五）二三三—三八五二
傳真：（〇五）二三三—三八六三

南部經銷／智豐圖書有限公司 高雄公司
電話：（〇七）三七三—〇〇七九
傳真：（〇七）三七三—〇〇八七

香港經銷／一代匯集
香港九龍旺角塘尾道六十四號龍駒企業大廈十樓 B&D 室
電話：（八五二）二七八三—八一〇二
傳真：（八五二）二五八二—一五二九

新馬經銷／城邦（馬新）出版集團 Cite（M）Sdn. Bhd.
E-mail: cite@cite.com.my

法律顧問／王子文律師 元禾法律事務所
台北市羅斯福路三段三十七號十五樓

二〇二三年二月一版一刷
二〇二三年六月一版二刷

TANTEI HA MO, SHINDEIRU. Vol. 7

■中文版■

郵購注意事項：
1.填妥劃撥單資料：帳號：50003021戶名：英屬蓋曼群島商家庭傳媒(股)公司城邦分公司。2.通信欄內註明訂購書名與冊數。3.劃撥金額低於500元，請加附掛號郵資50元。如劃撥日起 10～14日，仍未收到書時，請洽劃撥組。劃撥專線TEL：(03)312-4212 ・ FAX：(03)322-4621。E-mail：marketing@spp.com.tw

國家圖書館出版品預行編目資料

偵探已經，死了。/ 二語十作；陳梵帆譯 . -- 1 版 . -- 臺北市：城邦文化事業股份有限公司尖端出版：英屬蓋曼群島商家庭傳媒股份有限公司城邦分公司發行，2023.02-

冊；　公分

譯自：**探偵はもう、死んでいる。**

ISBN 978-626-356-032-1（第 7 冊：平裝）

861.57　　111019644